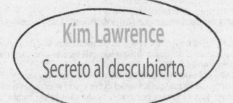

Kim Lawrence
Secreto al descubierto

HARLEQUIN™

Editado por HARLEQUIN IBÉRICA, S.A.
Núñez de Balboa, 56
28001 Madrid

© 2014 Kim Lawrence
© 2014 Harlequin Ibérica, S.A.
Secreto al descubierto, n.º 2318 - 2.7.14
Título original: A Secret Until Now
Publicada originalmente por Mills & Boon®, Ltd., Londres.

I.S.B.N.: 978-84-687-4475-9
Depósito legal: M-9991-2014
Editor responsable: Luis Pugni
Impresión en Black print CPI (Barcelona)
Fecha impresion para Argentina: 29.12.14
Distribuidor exclusivo para España: LOGISTA
Distribuidor para México: CODIPLYRSA
Distribuidores para Argentina: interior, BERTRAN, S.A.C. Vélez
Sársfield, 1950. Cap. Fed./ Buenos Aires y Gran Buenos Aires,
VACCARO SÁNCHEZ y Cía, S.A.

Prólogo

Londres, verano del año 2008. Un hotel.

Los ojos de Angel se acostumbraron a la oscuridad de la suite. No podía ver el despertador, porque el cuerpo del hombre que estaba a su lado se lo impedía; pero, por el hilo de luz que se filtraba entre las cortinas, supuso que ya había amanecido.

Suspiró y lanzó una mirada al dormitorio en el que había despertado, tras una noche inolvidable. Aunque era la primera vez que se alojaba en aquel hotel, los muebles le resultaron tan familiares y deprimentes como cabía esperar. A fin de cuentas, todos los hoteles se parecían; especialmente para una persona que, durante muchos años, había dormido en docenas de habitaciones como aquella.

Pero esta vez había algo distinto. Y no eran las vistas del balcón ni el tamaño de la majestuosa cama, sino el simple hecho de que no estaba sola.

Justo entonces, el hombre cambió de posición y se ganó la escasa atención de Angel que no estaba ya puesta en él. Los músculos de su preciosa espalda se tensaron ligeramente y, al verlos, ella se estremeció. Estaba tan oscuro que no le veía bien la cara, pero su respiración seguía siendo profunda y regular.

¿Debía despertarlo?

Por sus ojeras, pensó que necesitaba dormir. Se había fijado en ellas cuando lo vio por primera vez. Se había fijado en su boca ancha y sensual y en sus ojos azules, absolutamente espectaculares. Angel no se consideraba una persona demasiado observadora, pero las circunstancias de su encuentro habían sido tan terribles que su cara se le había quedado grabada en la memoria.

Le había salvado la vida. Había impedido que muriera atropellada por un autobús.

Sin embargo, sus sentimientos no tenían nada que ver con el hecho de que le hubiera salvado la vida. Era tan masculino que el deseo se había apoderado de ella desde el primer segundo, sin que pudiera hacer nada por evitarlo. Cuando se quiso dar cuenta, descubrió que su universo se había reducido de repente a ese hombre y supo que debía ser suyo.

Lo demás no importaba.

No importaba nada en absoluto.

Angel, que siempre había sido una mujer cauta, lanzó la cautela por la ventana y se entregó a él de forma completamente consciente. No tenía excusas; ni siquiera se podía escudar tras el consumo de alcohol, porque no había tomado ni una copa. Simplemente, se había dejado llevar por un deseo tan intenso que, hasta esa misma noche, le habría parecido imposible.

Desde luego, el hombre que estaba en la cama era terriblemente sexy; pero había conocido a muchos hombres atractivos y no se había acostado con ellos. Angel no entendía lo que le había pasado. Solo sabía que no quería luchar contra esos sentimientos y que, aunque lo hubiera querido, habría sido tan inútil como intentar luchar contra su grupo sanguíneo o el color de sus ojos.

–Eres tan guapo... –susurró.

Angel se inclinó sobre él y le acarició suavemente el cabello. No había dormido en toda la noche, pero estaba llena de energía y no deseaba otra cosa que tocarlo, probarlo, volver a sentir el contacto de su piel morena.

Tras admirarlo durante unos momentos, alzó los brazos por encima de la cabeza y se estiró con elegancia felina, sintiendo músculos de los que no había sido consciente hasta entonces. ¿Quién podía dormir después de lo que había pasado? Ahora sabía que el hombre de sus sueños era real, y que lo había encontrado.

¿Sería el destino?

En otra época, la apelación al destino le habría parecido absurda; era tan poco romántica que, cuando alguien se lo echaba en cara, ella se lo tomaba como un cumplido. No quería ser como su madre, que se enamoraba y se desenamoraba en un abrir y cerrar de ojos; una mujer que, a pesar de despertar el instinto protector de los hombres con su aspecto frágil, tenía un corazón de acero.

Angel no provocaba ese tipo de emociones en los hombres, pero tampoco las quería provocar. Para ella, la libertad y la independencia eran lo más importante. Había tenido una infancia solitaria y se había acostumbrado a vivir sin más apoyos que su imaginación y su hermano, lo cual no significaba que no albergara fantasías sobre el amor. Y, ahora, sus fantasías se habían hecho realidad.

–Eres absolutamente precioso –susurró otra vez.

Se llamaba Alex. Lo había sabido poco después de que le salvara la vida. Luego, él se interesó por su nombre y ella contestó que se llamaba Angelina, aunque todos la llamaban Angel porque, al verla por primera vez, su padre había dicho que parecía un angelito.

De repente, Alex cambió de posición. Y su piel cetrina brilló como el oro en la penumbra del dormitorio.

Angel tuvo que resistirse al impulso de acariciarle el estómago. Era el ser más bello que había visto en toda su vida. De hombros anchos y piernas largas, no había en él ni un ápice de grasa que disimulara las formas de sus músculos. Era tan perfecto que parecía salido de un libro de anatomía; pero su perfección no podía ser más real, más cálida, más intensamente viril. Y, por si eso fuera poco, estaba en su cama, con ella.

Los músculos del abdomen de Angel se tensaron. Alex era tan perfecto como lo había sido la noche anterior, tan distinta a lo que había imaginado. No había sentido dolor. Ni el menor asomo de vergüenza.

Al pensar en ello, se acordó de lo que había escrito uno de sus antiguos profesores en el informe académico: «Angel no tiene sentido de la moderación. Para ella, no hay termino medio. Es todo o nada».

Obviamente, su viejo profesor no se refería al sexo, sino al hecho de que sus notas oscilaran entre el suspenso y el sobresaliente. Pero a Angel le pareció que su descripción encajaba con lo sucedido. Se había entregado a Alex sin moderación alguna, sin guardarse nada, sin ninguna reserva.

–Sé que no es buen momento, pero tenemos un problema.

Las palabras de su compañero de trabajo le sonaron a música celestial. Alex se giró hacia él y, rápidamente, dijo:

–¿De qué se trata?

Estaban en un entierro, pero Alex no dudó en abandonar la ceremonia y dirigirse a su despacho, del que prácticamente no había salido en el último mes. Se duchaba allí, comía allí y, de vez en cuando, se echaba en el sofá y descansaba un rato.

Alex era especialista en gestión de crisis. Solo se trataba de concentrarse, evitar cualquier tipo de distracción y ser eficaz, así que afrontó el problema con la eficacia de costumbre y, tras solucionarlo, decidió que ya estaba bien de dormir en la oficina. Se fue a casa, se acostó y durmió hasta la madrugada, cuando se volvió a levantar.

Por eso se quedó tan confundido cuando, horas más tarde, abrió los ojos y se encontró en una habitación desconocida. No recordaba haberse acostado otra vez. De hecho, no sabía dónde estaba.

–Buenos días...

Alex parpadeó, desconcertado. La voz sedosa que acababa de oír pertenecía a una mujer preciosa, la mujer más bella que había visto nunca. Estaba junto a él y, sorprendentemente, no llevaba nada salvo una melena de cabello negro que caía como una cortina sobre sus pechos desnudos.

Y, entonces, se acordó.

¿Qué diablos había hecho?

Apretó los dientes, sacó los pies de la cama y se sentó, dominado por un intenso sentimiento de culpabilidad y por un deseo desbordado, implacable, casi imposible de doblegar. Pero no se dejaría llevar por el deseo. Por muy tentadora que fuera aquella mujer, había cometido un error al acostarse con ella.

–Pensé que no te despertarías nunca...

Alex se puso tenso al sentir el contacto de sus manos en la piel. Tuvo que hacer un esfuerzo para girarse y mirarla a los ojos.

–Deberías haberme despertado –replicó–. Espero que no te hayas sentido obligada a quedarte aquí hasta que...

–¿Obligada? –preguntó ella, confusa.

Él se levantó y empezó a recoger su ropa.

–¿Quieres que te pida un taxi?

–Yo... No entiendo... –dijo ella–. Creí que, después de lo de anoche...

Alex la miró con frialdad.

–Lo de anoche fue fantástico, pero no estoy disponible.

Angel se quedó helada. ¿Disponible? ¿Qué significaba eso?

Él se volvió a sentir culpable, pero no quería prolongar la situación. Se había equivocado y punto. Hablar de ello no iba a solucionar las cosas.

–Yo creí...

Alex la interrumpió otra vez.

–Lo de anoche fue una aventura, nada más.

–Pero...

Alex suspiró.

–Mira, ya te he dicho que fue maravilloso... y lo he dicho en serio. Pero también fue un error que no se debe repetir.

Él se puso la camisa y, a continuación, se empezó a poner los pantalones. Entonces, un objeto cayó al suelo con un sonido metálico y rodó hasta detenerse justo delante de Angel, que se inclinó y lo recogió.

Era una alianza matrimonial.

–¿Es tuya?

Angel se la enseñó y él se la quitó con cuidado de no rozarla.

–¿Es que estás casado?

Alex estuvo a punto de decirle la verdad: que había estado casado, que ya no lo estaba y que llevaba la alianza en el bolsillo porque sus compañeros le habían dicho que debía olvidar el pasado y seguir con su vida.

Sin embargo, tomó la decisión de mentir. Sería más desagradable para él, pero mejor para ella; así, lo olvidaría con rapidez y hasta tendría la oportunidad de quejarse ante sus amigas por haberse acostado con un canalla.

–Yo...

–¡Maldito seas! –exclamó ella con un destello de ira en sus ojos verdes.

–Lo siento mucho, Angel.

Ella se levantó de la cama, corrió al cuarto de baño y cerró con un portazo. Minutos después, cuando volvió al dormitorio, Alex se había ido.

Angel lo odió con todas sus fuerzas. Lo odió incluso más de lo que había odiado al amante de su madre, que había intentado manosearla en su adolescencia. Pero no fue un odio tan intenso como el que sintió hacia sí misma.

¿Cómo era posible que hubiera sido tan estúpida?

Al cabo de un rato, salió de la habitación del hotel. Sus lágrimas de ira ya se habían secado y, por su aspecto, cualquiera habría dicho que no le pasaba nada. Había decidido que no volvería a pensar en él.

Sería como si no se hubieran acostado.

Sería como si él no existiera.

Era la única solución. Tenía que olvidar y seguir adelante.

Capítulo 1

SON la segunda empresa de publicidad más grande de Europa, además de...

–¿Y tú qué tienes que ganar?

Alex, que había estado leyendo la letra pequeña de un contrato mientras Nico hablaba, lo interrumpió sin acritud alguna. A fin de cuentas, era su único sobrino; el hijo de su hermana mayor.

Nico se encogió de hombros.

–Bueno, me han dicho que me podrían ofrecer un empleo en prácticas...

Alex terminó de leer el contrato, firmó en la última página y dejó el documento encima de la mesa. Después, se recostó en el sillón, estiró las piernas y miró a Nico. A diferencia de otros miembros de su familia, le salía razonablemente barato; él no esperaba que fuera su banquero personal.

–Está bien, te has ganado mi atención. Te escucho.

Nico decidió ser completamente sincero con él. Quería mucho a su tío, pero también le tenía un poco de miedo. Los ojos azules de Alex, que tanto se parecían a los de su madre, podían ser fríos como un témpano, y daban la impresión de verlo todo.

–Ya sabes que mi padre me ofreció un trabajo

–empezó a decir–, y sobra decir que le estoy muy agradecido...

–¿Pero?

–Pero me gustaría hacer algo que no tenga nada que ver con ser hijo suyo... o con ser sobrino tuyo –contestó el joven.

Alex asintió.

–Respeto tus intenciones, aunque no tu sentido práctico. Te recuerdo que yo nací con un pan bajo el brazo, como se suele decir.

–Un pan que tú transformaste en una panadería entera –bromeó Nico.

Alex pensó que eso era verdad. Gracias a él, la empresa que había fundado su bisabuelo griego se había recuperado de muchos años de mala gestión y se había convertido en un ejemplo de éxito económico. Pero Alex ya era millonario antes de que salvara la empresa, cuya dirección había dejado posteriormente al padre de Nico. No en vano, había heredado la fortuna de su bisabuelo ruso.

–¿Y eso es malo? –le preguntó.

–No, claro que no. Lo digo porque nadie cree que seas un niño rico que no ha trabajado en su vida.

Alex guardó silencio. Empezaba a entender la decisión de su sobrino.

–Tú no tienes que demostrar nada, pero yo... –Nico respiró hondo–. En fin, olvídalo. Siento haberte molestado... Supongo que solo quería impresionar al tipo de la empresa de publicidad. Deberías haber visto la cara que puso cuando le comenté que tienes una isla, Saronia. Los ojos se le iluminaron como si fueran dos linternas.

–Comprendo que quisieras impresionarlo, pero ¿por qué te disculpas? –preguntó Alex con desconfianza–. ¿Es que tu interés en esa empresa es de carácter romántico? ¿Te has encaprichado de alguna de sus modelos?

–No, no se trata de eso.

–Entonces, ¿sigues saliendo con esa actriz de televisión? ¿Cómo se llamaba? No recuerdo su nombre.

–Louise, se llama Louise –contestó Nico–. Tuvo una infancia difícil y cree que soy un niño mimado, así que...

–Le quieres demostrar que sabes ganarte la vida por tu cuenta –lo interrumpió.

–En efecto.

Mientras hablaba, Alex se metió en Internet para ver la página de la empresa en cuestión, y descubrió que representaba a uno de los gigantes de la industria de los cosméticos.

–Veo que llevan la campaña publicitaria de un perfume –dijo.

Nico asintió.

–Sí, pero eso solo es el principio. Pretenden hacer una serie de anuncios. Serán seis en total, cada uno con una historia distinta, como si fuera una miniserie romántica de televisión –le explicó–. De hecho, han contratado a un director de Hollywood para que la ruede; un tipo mayor, de treinta y cinco años.

Alex sonrió y dijo con ironía:

–¿Tan viejo?

Nico también sonrió.

–Quieren rodar los tres primeros anuncios en un

lugar exótico, con playas, palmeras y mucho sol. Ya sabes, la típica isla paradisíaca.

–Y pensaste en Saronia, ¿verdad?

–Sí.

A Alex le pareció lógico que Saronia les interesara. Además de ser un pequeño edén, la isla había sido el escenario donde uno de sus abuelos, el mujeriego Spyros Theakis, había organizado sus legendarias fiestas privadas, a las que asistían muchas de las estrellas de cine de Hollywood. Y, a pesar del tiempo transcurrido, las fotos y anécdotas de aquellos días seguían dando que hablar.

Desgraciadamente, la mansión se quemó durante una tormenta eléctrica y nadie se tomó la molestia de reconstruirla. Luego, la fortuna de su abuelo empezó a declinar y la isla se quedó desierta.

Alex la había visitado por curiosidad mientras construía un hotel en el continente, a pocos minutos de distancia en barco. Emma lo acompañó y se quedó tan fascinada con la belleza del lugar que decidieron levantar una casa en él; pero sus planes quedaron en suspenso cuando ella cayó enferma.

Meses después de que Emma falleciera, Alex volvió a la isla. Tenía intención de acampar y quedarse un par de días, pero al final se quedó varias semanas. Aquel mismo año, encargó la construcción de una casa; no tan grande como la que había soñado con Emma, pero tampoco tan minúscula como decía su hermana, bromeando.

Cada vez que necesitaba descansar, se iba a Saronia. Era el único sitio del mundo donde podía tener la seguridad de que no habría teléfonos ni noticias ni fotógrafos. Y, por mucho que le agradara la ambición de su sobrino, no iba a permitir que un equipo de rodaje invadiera su santuario personal.

Sin embargo, siguió navegando un poco por la página web de la empresa. Hasta que, de repente, vio una fotografía que lo dejó helado.

Era de una mujer extraordinariamente bella, de labios rojos, cabello oscuro, sonrisa pícara y unos ojos intensos, de color esmeralda. Llevaba un vestido dorado que se ajustaba a su cuerpo como una segunda piel y estaba inclinada hacia delante, enseñando un escote tan tentador como generoso.

–¿Quién es esa mujer? –preguntó Alex, en voz baja.

–Angel. Es una modelo.

–Angel... –repitió Alex, sin salir de su asombro–. Angelina.

La sorpresa de Alex no se debía al hecho de haberla encontrado en las páginas de una empresa de publicidad, sino al hecho de que su cara lo hubiera excitado al instante. Habían pasado seis años desde aquella noche en el hotel y, sin embargo, su cuerpo había reaccionado como si aún estuviera allí.

Nico arqueó una ceja, extrañado con el desconcierto de su tío.

–Seguro que la viste en la campaña de ropa interior. Salió en todas partes.

–No, no la vi...

Alex pensó que él había hecho algo más que verla en ropa interior. La había visto desnuda, completamente desnuda.

–Es preciosa, ¿verdad? –declaró su sobrino–. Esa

melena y esos ojos verdes... Quieren que sea la protagonista de la campaña. Se arriesgan mucho al contratar a una modelo que no está entre las más famosas del sector, pero...

Alex no escuchó el resto de las palabras de su sobrino. La visión de las curvas de Angel lo había excitado hasta el punto de que no se había levantado de su asiento por miedo a que Nico se diera cuenta de que tenía una erección.

El deseo lo había golpeado con un puño de hierro. Y, con el deseo, el sentimiento de culpa.

Cuando se acostó con Angel, solo habían pasado unas semanas desde la muerte de Emma; pero, en lugar de guardarle luto, había hecho el amor con la primera mujer que se había cruzado en su camino.

Sacudió la cabeza y se dijo que el sentimiento de culpa ya no tenía espacio en su corazón. Desde entonces, había mantenido varias relaciones amorosas, todas de carácter puramente sexual; pero siempre con mujeres que sabían lo que hacían y que solo estaban interesadas en divertirse un poco.

–Bueno, ¿qué me dices? –preguntó Nico mientras sacaba su teléfono móvil–. ¿Pueden rodar en la isla?

Alex volvió a mirar a Angel. A pesar de lo ocurrido, aquella mujer le había dado la mejor noche de amor de toda su vida y, si el destino le estaba ofreciendo la posibilidad de repetirla, ¿quién era él para negarse?

–Sí –contestó.

Nico se llevó tal sorpresa que se le cayó el móvil al suelo.

–¿Sí? ¿Has dicho «sí»...?

–Exactamente.

Los ojos de Nico brillaron con una alegría tan juvenil que Alex se sintió viejo, aunque solo le sacaba doce años.

–¿Lo dices en serio? No será una broma, ¿verdad? –declaró, nervioso–. No, claro, tú no...

Su tío arqueó una ceja.

–¿Qué ibas a decir? ¿Que yo no bromeo? ¿Que no tengo sentido del humor?

–No, es que...

–Olvídalo, Nico.

Alex pensó que quizás tuviera razón. Cabía la posibilidad de que hubiera erradicado su sentido del humor y su conciencia al mismo tiempo.

Sin embargo, la reaparición de Angel era la oportunidad perfecta para ajustar cuentas con su conciencia y con el pasado. Aunque ni siquiera sabía por qué se sentía tan culpable. Angel se había acostado con él sin hacer preguntas y había demostrado ser la mujer más desinhibida del mundo en materia de relaciones sexuales. Su comportamiento no encajaba con el de una jovencita inocente.

Además, era lógico que sintiera la tentación de repetir la experiencia. Últimamente, había estado tan ocupado que llevaba meses sin acostarse con nadie. Necesitaba una aventura. Necesitaba algo que rompiera la monotonía.

Por fin, se levantó del sillón y alcanzó al chaqueta que había dejado en el respaldo.

–¿No vas a recoger el móvil?

Su sobrino asintió.

–Ah, sí...

–Espero que me mantengas informado.

–Por supuesto que sí –replicó Nico–. Pero, ¿con quién tengo que hablar para estudiar los detalles y organizar el...?

Aunque alto y atlético, Nico se vio obligado a echar la cabeza hacia atrás para mirarlo. Con su metro noventa de altura, Alex le sacaba cinco centímetros. Y era bastante más ancho de hombros.

–Conmigo.

–¿Estás hablando en serio? ¿Vas a permitir que rueden en Saronia?

Alex se puso la chaqueta. Era evidente que Nico se había llevado una sorpresa con su decisión; no en vano, todo el mundo sabía que era un feroz defensor de su intimidad. Había llegado al extremo de denunciar a varios periodistas que se habían atrevido a desembarcar en la isla sin permiso, y se mostraba tan implacable al respecto que algunos se preguntaban si no estaría ocultando algo.

Hasta el propio Nico pensaba que iba demasiado lejos. Alex lo sabía de sobra, pero no le daba importancia; era consciente de que su sobrino no compartía su desconfianza hacia la prensa. De hecho, le encantaba salir en las revistas del corazón.

–Con algunas condiciones –contestó–. Se alojarán en tierra firme y viajarán a la isla cuando tengan que trabajar. Además, no quiero que se acerquen a mi casa.

–Por supuesto.

–¿Te encargarás de decírselo?

–Sí, claro. Y muchas gracias por todo, tío. Te aseguro que no te arrepentirás.

Nico salió del despacho con una sonrisa de oreja a oreja, tan contento como un niño con zapatos nuevos.

Si Alex hubiera sido de la clase de personas que daban demasiadas vueltas a las decisiones que tomaban, se habría sentido frustrado y culpable a la vez. Al fin y al cabo, no había aceptado la propuesta por hacer un favor a su sobrino, sino por la posibilidad de acostarse otra vez con Angel Urquart.

Pero no lo era, así que olvidó el asunto.

Angel se asomó al salón donde se había congregado la mayoría del equipo. Estaba acostumbrada a los rodajes del mundo de la publicidad, donde solo participaban unas cuantas personas. Y se sorprendió al ver a tantas.

—Voy a dar un paseo —dijo—. ¿Alguien quiere acompañarme?

Angel necesitaba salir a tomar el aire. Era una mujer activa, y empezaba a estar harta del lujoso hotel.

—Pero si está lloviendo... —respondió una de sus compañeras.

Era verdad. Los empleados del hotel decían que agosto era un mes perfecto y que no llovía nunca; pero, para su sorpresa, no había dejado de llover desde la llegada del equipo. Y todavía no habían puesto un pie en Saronia.

El retraso en el rodaje ya había causado algunas fricciones y un pequeño desastre en el presupuesto. Pero las preocupaciones de Angel no tenían nada que ver con el dinero. Quería terminar cuanto antes para volver con su hija.

–Solo es agua –se defendió.

–Pero te vas a mojar...

–No me importa. Necesito estirar las piernas.

India, la actriz que interpretaba el papel de madre de Angel en el anuncio publicitario, decidió intervenir.

–Yo estaba a punto de ir al gimnasio. ¿Por qué no vienes conmigo?

–No me apetece mucho. Soy alérgica a la licra.

–¿En serio?

–Está bromeando, India –dijo Rudie, el técnico de iluminación.

–No deberías salir con este tiempo –declaró el peluquero del equipo, que siempre estaba preocupado con esas cosas–. Se te mojará el pelo.

–Y se secará después.

–Ya... Por cierto, ¿a qué huele?

Angel sonrió y le enseñó lo que había estado escondiendo.

–Es que tenía hambre...

–¿Te vas a tomar un perrito caliente? –preguntó el representante de la empresa de publicidad, horrorizado.

Al parecer, el único que no estaba horrorizado con sus costumbres alimentarias era el atractivo y joven Nico. Angel no sabía mucho de él; suponía que era un Theakis, es decir, un miembro de la familia a la que pertenecía el hotel donde se alojaban y la empresa naviera del mismo nombre, pero no estaba segura de su papel en el equipo. Aunque cabía la posibilidad de que fuera el contacto con el propietario de la isla.

–Sí, tengo intención de comérmelo...

Nico soltó una carcajada. Angel le guiñó un ojo y añadió:

–Estos se preocupan por cualquier cosa.

–Y tú comes demasiado –intervino el peluquero–. Si no recuerdo mal, desayunaste hace poco tiempo.

Angel lo miró con ironía. Era evidente que a sus compañeros de trabajo no les parecía bien que una modelo se dedicara a tomar perritos calientes; pero la aprobación de los demás no le importaba en exceso. Con el tiempo, había llegado a comprender que la única aprobación que le importaba era la de su madre. Y estaba segura de que, hiciera lo que hiciera, no la iba a conseguir.

–Es cierto. Y estaba buenísimo –dijo–. Pero está bien, quedaos aquí si queréis... yo voy a salir a pasear.

Justo entonces, el hombre que había permanecido al margen de la conversación, bajó el periódico que estaba leyendo y sonrió a Angel.

Era el fotógrafo. Un profesional más famoso que ninguno de los que estaban presentes.

–Vamos, chicos, no os preocupéis tanto por su figura. Dudo que la vaya a perder por un perrito caliente –declaró con humor–. De hecho, esta mañana estás particularmente deliciosa... Pero no te lo tomes a mal, Angel. Te aseguro que es un comentario puramente profesional.

Alex saludó al jardinero que estaba en lo alto de una escalera, recortando la hiedra de un enrejado. El jardinero se quedó atónito al reconocerlo, y Alex pensó que tenía motivos para estar sorprendido. Al fin y al cabo, no era un hombre que se dejara ver en público con facilidad.

Había llegado la noche anterior, en un jet privado, y había llamado a Nico para avisarlo. Al saber de su presencia, Nico organizó una pequeña recepción para presentarle a los miembros del equipo de rodaje; pero aún faltaban varias horas y Alex decidió salir a pasear, aprovechando la circunstancia de que había dejado de llover.

Alex tomó el camino de la playa y avanzó entre las terrazas que daban al paseo marítimo. Cuando hacía buen tiempo, estaban abarrotadas de gente; pero aquel día solo había unas cuantas personas.

Estaba extrañamente nervioso. Ardía en deseos de ver a Angel y, especialmente, de llevársela a la cama. La alta y lasciva morena le había ofrecido la mejor noche de sexo de toda su vida, el punto más alto de su experiencia amorosa. Pero ¿podrían repetir el encuentro? A decir verdad, ni siquiera sabía si se volverían a gustar.

Sacudió la cabeza y se dijo que se estaba obsesionando tontamente. Por muy profunda que fuera la huella que le había dejado, Angel solo era una mujer con quien se había acostado una noche, seis años atrás. Sería mejor que dejara de pensar en ella y se concentrara en sus obligaciones, empezando por el proyecto de reforma del hotel.

Poco a poco, la expulso de sus pensamientos. Y, cuando ya pensaba que lo había conseguido, le llegó rebotada la pelota con la que estaban jugando un grupo de amigos en la playa.

Sus reflejos eran tan buenos que la alcanzó al vuelo y se ganó los aplausos de los jugadores. Uno de ellos lo invitó a jugar, pero Alex declinó la oferta con un gesto, les devolvió la pelota y siguió caminando por el paseo marítimo.

—¡No la vas a alcanzar!

Alex se giró, los volvió a mirar y se detuvo en seco.

El objeto de sus deseos estaba allí mismo, jugando. Iba descalza, se había dejado el pelo suelto y llevaba unos pantaloncitos cortos y una camiseta sin mangas.

—¡Ya es mía!

Angel saltó y alcanzó la pelota. Pero su entusiasmo duró poco, porque uno de los jugadores del equipo contrario le hizo un blocaje y la tiró al suelo.

Los dos rodaron por la arena. Alex tuvo la impresión de que el compañero de juegos de Angel aprovechaba la circunstancia para manosearle todo el cuerpo, y le molestó hasta el extremo de que tuvo que dejar de mirar.

Cerró los puños y se alejó de allí a toda prisa.

Angel estaba completamente concentrada en el juego, aunque no tanto como para no reconocer al hombre que les había devuelto la pelota unos segundos antes.

El mundo estaba lleno de tipos altos, morenos y atléticos; hombres que proyectaban una imagen de poder y de sexualidad. Angel se había cruzado con muchos a lo largo de los años, pero todos le habían parecido un reflejo pálido, una triste imitación de Alex.

¿Sería posible que fuera él?

Angel intentó convencerse de que no le importaba. Sus días de aventuras habían terminado; ahora era una mujer adulta y, sobre todo, una madre con las obligaciones de cualquier madre. Pero su corazón se aceleró de todas formas.

Se levantó del suelo y se apartó del hombre que la había derribado. Era el esposo de la mujer que la había invitado a jugar.

Luego, se giró hacia el paseo marítimo y contempló al hombre que se alejaba. Era él, ya no tenía ninguna duda. Y, con la visión de sus anchos hombros, volvió el deseo que creía olvidado; el deseo que había permanecido enterrado en lo más hondo de su memoria.

Capítulo 2

AL FINAL del partido, sus nuevos amigos la invitaron a tomar el té. Fueron tan insistentes que Angel no se pudo negar y, tras un viaje rápido al hotel para darse una ducha y cambiarse de ropa, se reunió con ellos en uno de los salones privados del establecimiento.

Fue una tarde maravillosa; por primera vez desde su llegada al hotel, se divirtió de verdad. Sin embargo, la presencia de los hijos de sus amigos fue un contrapunto amargo; eran de la edad de su hija, Jasmine, y a Angel se le hizo un nudo en la garganta al pensar en ella.

Cuando volvió al bungaló del hotel, le pareció tan silencioso como deprimente. Pero fue por su estado anímico. El bungaló no tenía nada de malo; era una suite de dos habitaciones, de muebles rústicos y una vista preciosa de un mar de aguas turquesas que rompían en una playa de arena blanca.

Antes de entrar en el dormitorio, se limpió la arena de los pies. No le extrañaba que aquel lugar estuviera de moda entre los enamorados que se podían permitir el lujo de pagarlo. Pero, por muy romántico y paradisíaco que fuera, carecía de algo esencial para Angel.

Jasmine.

Descalza, cruzó el dormitorio y alcanzó la fotografía enmarcada de su hija, que había dejado en la mesita de noche.

–Solo llevo unos días lejos de ti y ya estoy desesperada. Tu madre es una blandengue, Jasmine... –dijo.

Dejó la fotografía en su sitio, echó los hombros hacia atrás y se calzó antes de dirigirse al dormitorio. Nico había organizado una fiesta en honor al dueño de Saronia y Angel no tenía más remedio que ir, aunque le disgustaba; estaba segura de que el dueño de la isla sería el típico rico con un ego de tamaño monumental.

Echó un vistazo al reloj y se dio cuenta de que no tenía tiempo ni para cambiarse de ropa. Se le había hecho tarde.

Luego, se miró en el espejo y frunció el ceño. El vestido de algodón que llevaba no servía precisamente como vestido de noche; le llegaba a las rodillas y dejaba sus hombros desnudos, de modo que se veían las tiras del sostén del biquini. Era como ella: desenfadado, informal y completamente ajeno a las tendencias de la moda. Pero Angel tenía estilo, y cualquier cosa que se pusiera le quedaba bien.

Por eso era modelo. Por eso y por sus largas y preciosas piernas, que llamaron la atención de un ejecutivo de una empresa de publicidad cuando ella estaba paseando por un parque en compañía de su hermano Cesare. Cuando el ejecutivo se acercó, su hermano pensó que intentaba ligar y fue tan grosero con él que estuvo a punto de estropearlo todo. Cesare era así. La única persona que no la creía capaz de cuidar de sí misma.

Se llevó las manos a la espalda, se desabrochó el sostén y se lo sacó sin necesidad de quitarse el vestido. A continuación, se volvió a mirar en el espejo y se dijo, en voz alta:

–¿Me pongo un collar de perlas? Sí, será el toque perfecto...

Alcanzó el collar, se lo puso rápidamente y salió del bungaló a toda prisa, perfectamente satisfecha con su apariencia.

A fin y al cabo, el estilo no estaba en lo que se llevaba, sino en la forma de llevarlo.

Y, aunque sonara a cliché, era cierto.

Alex no era de los que se sentían obligados a buscar excusas para justificar sus actos. Además, no tenía motivos para ello. Se había limitado a hacer un favor a su sobrino. Ni siquiera se podía decir que hubiera permitido el rodaje sin más intención que la de volver a ver a Angel y, quizás, repetir su aventura amorosa. Nico era de su familia y se había sentido obligado a echarle una mano.

Pero eso no significaba que no pudiera sacar ventaja de la situación. Si Angel se echaba a sus brazos, nadie se lo recriminaría.

De repente, se acordó de lo que había ocurrido seis años antes, cuando decidió salir de paseo por las calles de Londres. Si no hubiera sentido la súbita necesidad de estirar las piernas, sus caminos no se habrían encontrado. Pero la sintió.

El encuentro se le había quedado grabado en la memoria. Recordaba hasta el último detalle. El aire de la ciudad, las caras de la gente, el chirrido de los neumáticos de aquel autobús que iba a terminar con la vida de una desconocida.

Alex reaccionó por instinto, de forma completamente inconsciente. Fue un acto reflejo que no tuvo nada que ver con la valentía. Tan reflejo como la respuesta de su cuerpo cuando la tuvo entre sus brazos por primera vez.

Le acababa de salvar la vida.

Y era la mujer más bella que había visto nunca.

Delicada, de nariz algo puntiaguda. De grandes y generosos labios. De ojos verdes y cejas tan perfectamente arqueadas como bien definidas. Una diosa de piel de satén que parecía brillar contra el gris de Londres.

–¿Te encuentras bien? –le preguntó.

Su esbelta pero voluptuosa figura lo había dejado sin aliento. Tuvo que hacer un esfuerzo para soltarla y apartarse.

–Sí –respondió ella, mirándolo a los ojos–. Ha sido tan extraño...

–¿Extraño?

–Es verdad lo que dicen. Cuando te pasa algo así, cuando estás tan cerca de la muerte, toda tu vida pasa ante tus ojos –respondió–. Ha sido increíble.

Ella sonrió de repente y él le devolvió al sonrisa, fascinado con su naturalidad.

–Creo que me has salvado la vida –continuó ella.

Él se encogió de hombros.

–¿Tienes la costumbre de arrojarte a los autobuses?

Ella respiró hondo.

–No, es la primera vez.

Alex notó que estaba temblando y se preguntó si sería un efecto secundario de lo sucedido; a fin de cuentas, había estado a punto de morir. Pero tuvo la extraña seguridad de que no temblaba por eso, sino porque se sentía tan atraída por él como él por ella.

–¿Podría...?

–¿Sí?

–¿Podría invitarte a un café? Ya sabes, a modo de agradecimiento... –dijo, nerviosa–. Aunque si no te apetece...

Alex volvió a sonreír.

–Sí, por supuesto. Un café estaría bien.

Había sido un momento completamente mágico; un momento que Alex había recordado muchas veces a lo largo de los años, casi siempre mezclado con un intenso e injustificado sentimiento de culpabilidad. No había hecho nada de lo que se tuviera que arrepentir. No la había engañado, no le había hecho promesas. A decir verdad, ni siquiera era un hombre casado cuando se acostó con Angel.

Sin embargo, sabía que Emma le habría dado su bendición de haber seguido con vida. Poco antes de su muerte, Alex se había dado cuenta de que le pasaba algo y se había interesado al respecto, sin imaginar lo que estaba a punto de decir.

–Eres un hombre y tienes necesidades que yo no puedo satisfacer, Alex.

–¿Qué estás diciendo, Emma? ¿Cómo puedes...?

–No, escúchame, por favor –lo interrumpió–. Has sido muy bueno conmigo. Has estado a mi lado todo el tiempo y has demostrado una paciencia increíble, teniendo en cuenta que te mentí...

–¿Mentirme? No te entiendo.

–Tendría que haberte dicho que estaba enferma. Quería decírtelo, pero no me atrevía.

–Si lo hubiera sabido, no habría cambiado nada –dijo Alex con sinceridad.

–Lo sé, pero no te di la oportunidad de elegir. Te condené a mantener una relación con una mujer que va a morir –declaró Emma–. Así que... bueno... si sientes la necesidad de estar con otra, lo entenderé. Solo te pido que no me lo digas, Alex. No quiero saberlo. Solo quiero que estés conmigo, a mi lado. No sabes cuánto odio los hospitales... no soportaría acabar en uno, sola.

Alex asintió. Era consciente de que Emma se sentía mal por no haberle dicho lo de su enfermedad antes de que se casaran. De hecho, le pedía perdón con tanta frecuencia que más de una vez se había enfadado con ella. No le parecía sano.

–No acabarás en un hospital, Emma. Te quedarás aquí, en nuestro hogar, conmigo. Y te aseguro que no habrá ninguna otra mujer.

Alex cumplió la promesa. Le fue leal hasta el último día.

Pero aquella noche, cuando se acostó con Angel, la difunta Emma seguía estando en su corazón. A efectos emocionales, era como si siguiera viva y siguiera siendo su esposa. Por eso se quedó tan desconcertado al día siguiente, al despertarse en una habitación que no era la suya, junto a una mujer que no era la suya.

Por eso se sintió tan culpable.

Además, ¿qué habría pasado si hubiera conocido

a Angel antes de que Emma falleciera? ¿Habría sido capaz de mantener su juramento de fidelidad?

Alex no tenía una respuesta. Y para un hombre como él, un hombre capaz de perdonar las debilidades de los demás, pero incapaz de perdonarse las suyas, era algo completamente inadmisible.

−¿Dónde se habrá metido?

La voz de Nico sacó a Alex de sus pensamientos.

−¿Cómo?

−Me refiero a nuestra estrella.

−Ah, ya... ¿Siempre se hace tanto de rogar?

El representante de la empresa de publicidad, un hombre calvo que estaba a su lado, intervino en la conversación.

−No se trata de eso. Nunca le han gustado las fiestas... Es cualquier cosa menos una diva −afirmó−. Además, ella no necesita ese tipo de trucos para llamar la atención. Cuando Angel está en una sala, es como si el resto del mundo no existiera.

Alex guardó silencio y apretó los dientes. Él lo sabía mejor que nadie. Había pasado una noche con ella y podía dar fe de que todo palidecía en comparación con Angel. Pero no quería pensar en aquella noche.

Miró al ejecutivo y se preguntó si su relación con la modelo sería estrictamente profesional. Cabía la posibilidad de que fueran amantes.

−Rudie dice que Angel está preciosa desde cualquier ángulo −dijo Nico−. Las cámaras la adoran...

−¿Y quién es Rudie?

−El iluminador. Uno de los mejores en su campo.

Alex asintió en silencio. Tenía la sospecha de que

el tal Rudie estaba tan fascinado por ella como todos los demás.

Iba a llegar la última. Angel se sintió tan avergonzada que sintió el deseo de esconderse entre las sombras. Pero sonrió para sus adentros. Le parecía especialmente irónico que ella, una mujer que siempre había detestado ser el centro de atención, se hubiera convertido en modelo y captara la atención de todo el mundo.

Al llegar al salón, se detuvo en el umbral y miró a los invitados. Ross, el fotógrafo, se acercó a ella con un vaso en la mano. Nadie habría imaginado que era una simple tónica. Todos lo tenían por un borracho porque él mismo se había encargado de extender ese rumor. Un día, le había confesado a Angel que lo había hecho para parecer más interesante.

–Estás preciosa...

–Gracias.

A pocos metros de distancia, Alex estaba pensando lo mismo que el fotógrafo. Angel había llegado la última, pero la espera había merecido la pena. La joven entusiasta, algo inocente y profundamente sensual que se había acostado con él seis años atrás, se había convertido en una mujer adulta que era consciente de su belleza y que, por lo visto, no sentía la menor inseguridad al respecto.

Y todos la estaban mirando.

Alex casi sintió lástima del resto de las invitadas. Se habían puesto sus mejores galas y habían pasado horas delante de un espejo para estar tan elegantes como fuera posible; pero no podían competir con una mujer que se presentaba sin maquillar y con un vestido más propio de una playa que de una fiesta.

Era tan bella que parecía una diosa.

—Es guapa, ¿verdad? —dijo Nico.

—Sí, lo es.

Las miradas de Alex y Angel se encontraron unos minutos más tarde. Y ella se sintió como si le hubieran echado un cubo de agua helada. Si hubiera podido, habría salido corriendo a toda prisa; pero sus piernas no la obedecieron.

Respiró hondo y echó un vistazo rápido a su alrededor, buscando un lugar donde esconderse. Pero ya era demasiado tarde. Alex avanzaba entre la gente y se dirigía hacia ella.

—¿Tienes frío?

Angel miró a Sandy, la maquilladora. Se había aproximado a ella después de que Ross se acercara a saludar.

—¿Por qué lo dices?

—Porque estás temblando...

Angel sacudió la cabeza y se bebió su copa de champán de un solo trago.

—No, no tengo frío —acertó a decir, cada vez más nerviosa—. Por cierto, ¿ese que se acerca no es Alex Arlov?

Sandy sonrió.

—Sí, es Alex Arlov en persona. Un hombre impresionante, ¿no crees? Está tan bueno que me lo comería.

Angel guardó silencio. Habían pasado seis años desde su primer y último encuentro, aunque el destino había estado a punto de unirlos otra vez por culpa de su hermano. Cesare y Alex se habían conocido en las carreras, y se hicieron tan amigos que Cesare se empeñó en presentárselo porque estaba seguro de que le gustaría. Obviamente, su hermano no sabía que ya se conocían. Ni siquiera sabía que Alex era el padre de Jasmine.

–No tengo el menor interés por salir con un oligarca ruso –le respondió Alex cuando Cesare le habló de él–. Por mucho que le gusten las carreras.

–Ni yo te lo estoy pidiendo. Me he limitado a sugerir que lo invitemos a pasar un fin de semana en mi casa. Sé que os caeríais bien. Tiene mucho sentido del humor... –declaró–. Además, Alex solo es medio ruso. Su padre murió antes de que él naciera, así que creció con su madre. De hecho, tiene la nacionalidad británica.

–Haz lo que te apetezca, Cesare, pero no cuentes conmigo. En mi opinión, nuestra familia ya tiene bastante con un loco de la velocidad como tú.

Obviamente, Alex se las arregló para no estar aquel fin de semana en casa de su hermano. Y Cesare no volvió a cometer el error de proponer otro encuentro.

Pero esta vez no tenía escapatoria.

Cuando Alex se detuvo ante ellas, Angel intentó adoptar una expresión de indiferencia. Tuvo que echar mano de toda su fuerza de voluntad para no estallar y decirle, delante de todo el mundo, lo que pensaba de él. Seis años eran mucho tiempo. Seis años y una madre que tenía miedo de lo que iba a pasar cuando Jasmine preguntara por él y ella se viera obligada a mentir y a decir que no sabía quién era su padre.

Extrañamente, Alex se limitó a saludar a Sandy y a entablar una conversación con ella, como si Angel no estuviera allí.

¿Sería posible que no la hubiera reconocido?

Mientras Sandy y él hablaban, Angel se dedicó a beber más champán y a observar a su antiguo amante. Y, por lo visto, no era la única que lo estaba observando. Alex se había ganado la atención de todas las invitadas.

Pero no le sorprendió mucho. A fin de cuentas, su aura de masculinidad seguía siendo tan intensa como el día en que lo conoció, el día en que Alex le salvó la vida. Tan intensa que, a pesar de sí misma y para su vergüenza, se sintió atraída por él.

Sin embargo, ya no era la jovencita que había sido. Ya no se dejaba engañar por sus hormonas hasta el punto de confundir el sexo con el amor. Ahora era consciente de que el calor que sentía entre las piernas no tenía nada que ver con la ensoñación del amor a primera vista. Era simple y puro deseo sexual. Pero la Angelina de hacía seis años era una romántica empedernida, que creía en ese tipo de cosas.

Al recordarlo, sintió vergüenza. Sus amigos de entonces la consideraban una chica independiente y, en cierto sentido, tenían razón. Estaba acostumbrada a la soledad; acostumbrada a llegar a casa y encontrar una nota de su madre donde decía que la habían invitado a pasar una semana en Suiza o en cualquier otro país y que le dejaba un cheque para sus gastos. Había aprendido a cuidar de sí misma.

Paradójicamente, su experiencia con los hombres era más limitada que la de otras chicas de su generación. Sabía poco o nada. Y no se debía a que se sintiera insegura con su propio cuerpo ni a que fuera una mojigata en materia de relaciones sexuales, sino a un romanticismo mal entendido.

A sus diecinueve años, no se había acostado con nadie porque se estaba reservando para un príncipe azul, para un hombre idealizado que solo existía en su imaginación.

Sacudió la cabeza y volvió a mirar a sus acompañantes.

Alex le había puesto una mano a Sandy en el brazo, y Angel se dio cuenta de que no llevaba anillo de casado. Era una mano desnuda, de dedos largos y fuertes. Los mismos dedos que la habían acariciado una y otra vez aquella noche.

Cerró los ojos con fuerza e intentó refrenar el deseo. Justo entonces, Alex la miró a los ojos y dijo:

—Encantado de conocerte. Soy Alex Arlov.

Angel se mordió el labio inferior y fingió que no reconocía su nombre.

—Tu cara me resulta familiar...

Alex arqueó una ceja.

—Sí, me ocurre todo el tiempo. Tengo una cara tan normal que le resulto familiar a cualquiera —declaró con humor.

Angel clavó la vista en sus ojos azules y le dedicó una sonrisa tensa mientras intentaba recordarse que Alex Arlov era agua pasada. Ya no le podía hacer daño. Se había convertido en una mujer adulta y había asumido sus antiguos errores, empezando por él. Había aprendido a olvidar lo malo y concentrarse en lo bueno, y Jasmine era su prioridad.

Al pensar en su hija, le asaltó una duda. ¿Alex tenía derecho a saber que era padre de una niña? ¿Se lo tenía que decir?

La voz de Alex interrumpió sus pensamientos.

–¿Qué te parece este sitio? ¿Te estás divirtiendo?

Angel sabía que él también la había reconocido y que también estaba fingiendo; lo había visto en sus ojos y en la expresión de su boca, cuyos labios le parecieron un milagro de la sensualidad. De no haber sido por su orgullo, habría puesto fin a aquella farsa y le habría dicho lo que pensaba de él.

Ya se disponía a contestar cuando Paul, el ejecutivo de la empresa de publicidad, se acercó a ellos y respondió en su nombre.

–Nos lo estamos pasando en grande, ¿verdad, Angelina?

Angel respiró hondo.

–Yo no he venido a divertirme, sino a trabajar.

Alex sonrió.

–Bueno, espero que encuentres tiempo para divertirte un poco de todas formas –dijo–. La isla tiene muchas cosas que ofrecer, Angelina.

Ella le devolvió la sonrisa, intentando refrenar su enfado.

–No me gusta que me llamen Angelina. Prefiero Angel –declaró–. Y en cuanto a la posibilidad de divertirme mientras trabajo... me temo que no soy capaz de hacer tantas cosas a la vez. Pero gracias por la fiesta. Tu casa es muy bonita.

–¿Mi casa? Esto no es mi casa. Yo no vivo en el hotel –dijo Alex, frunciendo el ceño.

Angel palideció de repente y se sintió como si estuviera a punto de desmayarse. Alex se dio cuenta y preguntó:

–¿Te encuentras bien?

–Sí, perfectamente.

Un momento después, un camarero pasó a su lado con una bandeja y Angel alcanzó una copa de champán.

–No deberías beber más, Angel. No tienes buen aspecto.

Lo que pasó a continuación la dejó anonadada. Alex le quitó la copa de champán y derramó el contenido en una maceta.

–¿Se puede saber qué diablos estás haciendo?

Angel no podía creer lo que había pasado. Definitivamente, Alex Arlov era el hombre más irritante del mundo.

–Ya has tomado demasiado champán, Angel.

–¿Cómo te atreves a...?

Alex no se molestó en discutir con ella.

–Necesitas un poco de aire fresco.

Antes de que Angel pudiera protestar, él le puso una mano en la espalda y la llevó hacia la salida.

–¿Qué estás haciendo? –insistió ella.

Alex volvió a sonreír.

–Eso ya me lo has preguntado antes. Te estás repitiendo –ironizó.

–Porque no has contestado a mi pregunta –replicó, enfadada.

–Te estoy ahorrando una situación embarazosa, Angel.

Angel pensó que era una lástima que no se hubiera preocupado tanto por ella en el pasado. Pero no se lo podía quitar de encima sin llamar la atención de la gente, que los estaban mirando con curiosidad.

Al llegar a la terraza, Alex la llevó a una mesa y le ofreció una silla para que se sentara. Angel la aceptó a regañadientes.

–¿Te encuentras mejor?

Ella asintió y giró la cabeza hacia el mar. Ya no se sentía tan mareada.

–Sí, gracias. Aunque hace un poco de calor –dijo–. Pero no es necesario que te quedes conmigo. Tus invitados te están esperando.

Capítulo 3

DEJA de comportarte de forma tan infantil.

–¿Infantil? –preguntó ella, clavándole sus ojos verdes–. Solo te he dicho que vuelvas con tus invitados.

–Pero no te puedo dejar aquí, sola –se defendió Alex–. Tengo que asegurarme de que te encuentras bien.

–Me encuentro perfectamente. Supongo que me he mareado por culpa del calor, pero no es nada importante.

Alex entrecerró los ojos.

–No ha sido por el calor.

Ella frunció el ceño.

–¿Cómo puedes estar tan seguro? ¿Es que eres médico? –preguntó con ironía.

–No, pero...

–Solo ha sido un mareo, nada más –lo interrumpió–. Son cosas que pasan, pero ya me siento mucho mejor. Me acostaré pronto y mañana estaré como nueva.

Angel pensó que su problema era precisamente el de acostarse pronto. Se acostaba pronto demasiadas noches, y siempre sola. Pero ese pensamiento no contribuyó a calmar su estado de ánimo.

–Si tú lo dices...

Alex la miró con tanta intensidad que la puso nerviosa.

–Deja de mirarme así.

–¿De mirarte cómo?

–Como si fuera una delincuente. Como si hubiera cometido algún delito.

–¿Y estás segura de no haber cometido ninguno?

–Si lo hubiera cometido, lo recordaría...

–¿Has tomado algo, además del champán?

La insinuación de Alex le pareció absolutamente inadmisible.

–¿Me estás acusando de ser una drogadicta? –preguntó con vehemencia.

–Tranquilízate. Era una pregunta inocente... no es como para perder los estribos.

Ella apretó los dientes.

–Oh, vamos...

–Solo estoy valorando la situación, para saber si tengo que llamar a un médico –declaró él.

Angel lo miró con horror.

–No necesito un médico. Y no estoy perdiendo los estribos. Me limito a reaccionar ante un hombre que se dedica a insultarme y a interrogarme como si fuera un policía.

Él arqueó una ceja.

–No creo que te haya insultado. Todo el mundo sabe que las drogas son habituales en el mundo de la moda.

Angel le dedicó una sonrisa sarcástica.

–Esa es una de las cosas que más admiro en un hombre... Su capacidad para generalizar de forma injusta y para juzgar a los demás desde una posición de pretenciosa superioridad moral –se burló.

Alex parpadeó. Angel había cambiado mucho; se había convertido en una mujer llena de garra, a años luz de la jovencita ingenua de su memoria. Pero, en lugar de resultarle menos atractiva, la encontraba más interesante.

Era un desafío. Y a Alex le gustaban los desafíos.

O, por lo menos, le habían gustado. Porque, últimamente, había adquirido la mala costumbre de contentarse con lo más fácil.

–Bueno, no tiene importancia. Es evidente que te sientes mejor.

–Claro que me siento mejor. Ya te lo había dicho.

–De todas formas, no estaba insinuando que seas una drogadicta. Me preocupaba que te hubieran recetado algún medicamento fuerte. Que sean legales, no significa que no sean drogas. Y algunos se llevan mal con el alcohol.

–Pues te agradezco la preocupación, aunque no era necesaria.

–Gracias.

Ella soltó una carcajada. No podía creer que se hubiera encaprichado alguna vez de un hombre tan arrogante.

–Pero, ya que te has referido al mundo de la moda, te diré que ser modelo no implica que yo forme parte de una especie de subcultura perversa. Estoy harta de que la gente generalice sobre nosotros y, particularmente, de que llegue a conclusiones absurdas. Comprendo que, cuando anuncias cosas como ropa inte-

rior, te miren como si fueras un pedazo de carne...
pero hay insultos que no estoy dispuesta a permitir.

Angel respiró y siguió hablando.

–Además, si necesitara consejo sobre mi forma te
vida, te aseguro que no acudiría a un hombre como
tú. No eres más que...

–¿Sí?

–No eres más que una rata.

Alex suspiró.

–¿De dónde has sacado esa idea?

Angel no contestó. A decir verdad, Alex Arlov le
parecía cualquier cosa menos una rata. De hecho,
le recordaba más a un lobo. Un depredador de ojos
intensos, cuerpo esbelto y actitud peligrosa.

–Ya sé que las ratas tienen mala prensa –continuó
él con una sonrisa–, pero a mí no me parecen tan terribles.

–¿Ah, no? ¿Y qué pensarías tú de un hombre casado que se dedica a acostarse con jovencitas ino-
centes?

Esta vez fue Alex el que guardó silencio. La farsa
había terminado. Angel acababa de reconocer implí-
citamente que lo había reconocido.

–Te voy a hacer un favor, Alex. Como no quiero
que pierdas el tiempo conmigo, te diré que ya no soy
la que era cuando me conociste. Ya no bastan unas
palabras bonitas para llevarme a la cama.

–Gracias por la advertencia –declaró él–. Pero
dime... ¿Qué hace falta ahora para llevarte a la cama?

Angel se quedó sin habla.

–¿Qué hace falta, Angel? –insistió Alex.

Ella hizo caso omiso.

–Siento curiosidad... ¿Cómo consigues ser tan irritante? ¿Practicas delante de un espejo? ¿O es un don natural?

–No has contestado a mi pregunta.

–Lo sé.

–Pero, pensándolo mejor, no quiero que contestes –dijo Alex–. Prefiero descubrirlo por mi cuenta. Será más divertido.

Ella se ruborizó.

–Conmigo no vas a llegar a ninguna parte.

–Bueno, ya lo veremos. Además, siempre se dice que el camino es más importante que el destino –ironizó.

Angel lo miró con desdén.

–¿Es que nunca escuchas a los demás?

Él arqueó una ceja y sonrió. Después, se inclinó sobre ella, le puso una mano en la nuca y le dio un beso lento y apasionado.

Angel sintió un calor intenso y soltó un gemido de placer. Pero estaba tan embriagada por el contacto de sus labios que ni siquiera se dio cuenta de que había gemido. Tuvo que hacer un esfuerzo para romper el contacto y levantarse de la silla.

–¿Quieres saber la verdad, Angel?

Angel tuvo la sensación de estar en mitad de una pesadilla. ¿Cómo era posible que se hubiera dejado llevar? ¿Dónde estaba su orgullo? En lugar de resistirse, había estado a punto de entregarse a él.

Respiró hondo y dijo:

–¿La verdad? ¿Tu qué sabes de la verdad, Alex?

Angel se sintió culpable mientras hablaba. Ella tampoco era la persona más sincera del mundo. Había tenido un hijo de aquel hombre y no le había dicho nada. Deseaba que la volviera a besar y, sin embargo, se comportaba como si no lo quisiera.

–Sé lo suficiente, Angel. Tus palabras pueden decir una cosa, pero tu lenguaje corporal dice la contraria... Traiciona tus verdaderos sentimientos e impide que los ocultes.

–¡Yo no oculto nada! –protestó.

–¿Estás segura?

–Por supuesto que lo estoy.

–Pues es extraño, porque tus pupilas se han dilatado tanto que casi no se ve el color de tus ojos –replicó él–. Y, por cierto, besas muy bien.

Angel bufó.

–Besar no significa nada. Ha sido un acto reflejo.

Él volvió a arquear las cejas.

–¿Un acto reflejo? Esa es una de las cosas más absurdas que he oído nunca.

Angel sabía que había dicho una tontería, de modo que cambió de conversación.

–¿Quieres que hablemos de lenguaje corporal? Entonces, mírame ahora... –Angel adoptó una expresión tan fría como implacable–. ¿Sabes por qué me he mareado antes? No tenía nada que ver con el alcohol. Me he sentido enferma porque, cuando te vi, me puse a pensar en cierto episodio de mi pasado del que no me siento precisamente orgullosa. De hecho, me avergüenza profundamente.

Alex sacudió la cabeza.

–Ese es tu problema, no el mío.

Angel suspiró.

–No sabes cuánto te detesto. Durante unos segundos, me has convertido en la mujer que fui... En la persona que nunca he querido ser. En una persona como mi madre.

Alex la miró con desconcierto. ¿Su madre? No sabía que Angel tuviera problemas con su madre. Y, aunque eso tampoco era asunto suyo, sintió curiosidad.

–No puedo creer que haya permitido que me beses –continuó ella–. *Madre di Dio*...

–No me digas que tu madre es italiana.

Ella parpadeó y se limitó a decir:

–Medio italiana.

Alex pensó que eso lo explicaba todo. Por lo visto, Angel echaba la culpa a su madre por su carácter apasionado.

–Comprendo...

–Tú qué vas a comprender. Tú no entiendes nada.

–Te equivocas. Sé de gente que se dedica a cambiar su propia historia para que encaje en sus planteamientos, pero esta es la primera vez que lo veo en persona. Te comportas como si fueras víctima pasiva de una cultura heredada. Pero yo no te recuerdo precisamente pasiva... De hecho, te recuerdo en un papel activo que no se lleva muy bien con tu interpretación de lo que pasó.

–¿Qué significa eso?

–Que no te comportaste como una jovencita inocente –contestó–. Ahórrate el esfuerzo y deja de fingir que eras una virgen sin experiencia alguna. Estoy seguro de que ya te habías acostado con otros hombres.

Angel se ruborizó otra vez. Si le decía que él había sido su primer amante, Alex no la creería. Y, si la creía, se expondría a una pregunta que no podía contestar. ¿Por qué lo había elegido a él para perder la virginidad?

Ni ella misma lo sabía, así que dijo:

—No me había acostado con ninguno como tú.

—¿Cómo yo?

—Exactamente. Con un hombre que hizo que me sintiera... barata.

Alex guardó silencio.

—Puede que solo sea una modelo y que me hayas tomado por una imbécil, pero no lo soy —insistió ella—. Y ya no me acuesto con hombres casados.

—Bueno, eso no es un problema.

—¿Cómo?

—Ya no estoy casado.

Angel se preguntó si sería verdad, pero se dijo que no tenía importancia. Solo se lo quería quitar de encima.

—No sé por qué no me sorprende. Espero que te arrastrara a un divorcio desagradable y que se llevara la mitad de tu fortuna —bramó.

—No nos divorciamos, Angel. Mi esposa falleció.

Angel se sintió la mujer más despreciable del mundo. Deseó que la tierra se abriera bajo sus pies y se la tragara.

¿Qué podía decir?

—Ah...

En ese momento, apareció un camarero que interrumpió su conversación. Después de saludar a Alex, se inclinó sobre la mesa y dejó una bandeja con café y pastas. Luego, cruzó unas palabras en griego con su jefe y se marchó.

Angel aún no había salido de su asombro, así que se mantuvo en silencio mientras Alex le servía una taza.

–¿Lo quieres con azúcar?

Ella sacudió la cabeza.

–No, gracias.

Angel alcanzó el café y lo probó.

–Lo siento mucho, Alex. No tenía derecho a decir lo que he dicho. No sabía que tu esposa hubiera muerto.

Angel apartó la mirada y se preguntó cómo habría sido la vida de aquella mujer. Estar casada con un mujeriego como Alex Arlov debía de haber sido difícil. Aunque, por otra parte, suponía que estar casada debía de ser difícil en cualquier situación.

Fuera como fuera, el matrimonio no estaba hecho para ella. Ni siquiera consideraba la posibilidad de casarse para tener hijos, como habían hecho algunos de sus amigos. Había asumido que no podría tener más descendencia y, a decir verdad, ya no se sentía mal al respecto. Eran cosas que pasaban.

Sin embargo, su posición sobre el matrimonio no significaba que rechazara la posibilidad de mantener una relación con un hombre decente, con uno que le gustara a Jasmine y que no le exigiera demasiado a ella. Se había convencido de que podía vivir sin sexo y de que solo necesitaba un poco de cariño y de estabilidad emocional.

–Siento haberlo mencionado –dijo Alex–. Parece que ha puesto punto final a nuestra conversación.

Ella lo volvió a mirar.

–No manteníamos ninguna conversación, Alex.

–¿Ah, no?

Angel bajó la mirada otra vez y, tras unos segundos de silencio, intentó formular la pregunta que se había empezado a formar en el fondo de su mente.

–¿Cuándo...?

–¿Sí?

–¿Cuándo murió tu esposa? ¿Hace poco?

–No. Hace tiempo.

Angel esperaba que Alex dijera algo más, pero no dio más detalles y ella no se atrevió a insistir en el asunto.

–Debió de ser difícil para ti –dijo–. Criar hijos solo, sin una persona que esté a tu lado y te ayude...

Él sacudió la cabeza.

–No llegamos a tener hijos.

Angel le lanzó una mirada triste que le molestó. Alex no estaba de humor para dar explicaciones, pero Emma y él querían tener niños cuando se casaron. Sin embargo, pensaron que tenían tiempo de sobra y no le dieron importancia. Luego, Emma cayó enferma y ya no pudieron hacer nada al respecto.

–No necesito tu lástima, Angel. No necesito la lástima de nadie.

–No, está visto que solo necesitas una buena patada –replicó ella–. ¿Cómo puedes ser tan desagradable? No he hecho nada malo. Solo me estaba interesando por tu difunta esposa... siento mucho que la perdieras.

–Lo sientes, pero me consideras una rata –dijo él, recuperando su sentido del humor–. Bueno, me alegra saber que me tienes en tan alta estima. Pero no te preocupes, no necesito un hombro en el que llorar.

–Ni yo te iba a ofrecer el mío.

–Puede que no. Pero sientes curiosidad, admítelo.

Ella no lo pudo negar.

–Supongo que es normal –continuó Alex–. Todo el mundo quiere preguntar sobre lo que le pasó, aunque pocos se atreven. La gente tiene miedo de hablar de la muerte.

–Pero yo no soy como la mayoría de la gente.

Alex suspiró.

–Está bien, si te empeñas... Emma murió de una forma particularmente agresiva de esclerosis múltiple. Ya estaba enferma cuando nos casamos.

Angel lo miró con extrañeza. Hablaba de ello como si no significara nada para él; como si fuera la historia de una desconocida.

–Pensándolo bien, es una suerte que no tuviéramos hijos –siguió Alex–. ¿Y tú? ¿Llegaste a tener hijos?

Ella tragó saliva. No tenía más remedio que decirle la verdad. No podía fingir que Jasmine no existía.

–Sí, una hija.

–Pero no te casaste...

–¿Cómo lo sabes?

–Lo sé porque no llevas alianza.

Angel lamentó no haberse puesto el anillo que llevaba colgando del cuello, bajo el collar de perlas. Era de su difunto padre. Cesare había heredado un castillo en Escocia y ella, un simple anillo; pero, si se lo hubiera puesto, habría tenido una excusa perfecta para decirle a Alex que estaba casada y evitarse problemas con él.

–No, claro que no estoy casada. El matrimonio no está hecho para mí.

–¿Y cuántos años tiene tu hija? Debe de ser muy pequeña...

–No, ya está bastante crecida.

–Pero seguro que te resultó difícil. Como decías antes, ser madre soltera es una complicación –declaró él.

–Sí, claro que fue difícil –replicó ella con frialdad–. Y no creo que mi relación con mi hija sea asunto tuyo.

Él parpadeó, desconcertado con su repentina animosidad.

–No, supongo que no. Además, tampoco se puede decir que yo sea un experto en la materia –confesó.

Ella se encogió de hombros.

–Bueno, el mundo está lleno de gente que no sabe nada de la paternidad y que, sin embargo, se empeña en darte consejos.

–¿Y su padre? ¿Os ayuda de algún modo?

Angel sacudió la cabeza.

–No.

–Lo siento.

–No tiene importancia. Nos las arreglamos solas.

–Estoy seguro de ello.

Angel creyó notar un fondo de ironía en sus palabras, así que se apresuró a decir:

–No soy una ingenua, Alex. Conozco las complicaciones de ser madre soltera y sé que me obliga a renunciar a algunas cosas... pero yo no quiero tenerlo todo. Me contento con lo que tengo –afirmó.

–Por supuesto. En la vida, todo es cuestión de prioridades.

Alex la miró con intensidad y se preguntó qué haría falta para que el sexo fuera una de las prioridades de Angel Urquart. Aquella mujer de ojos verdes y cabello oscuro lo estaba volviendo loco. Deseaba estar dentro de ella y sabía que no tendría un momento de paz hasta que lo consiguiera.

Angel se dio cuenta al instante. Los ojos azules de Alex lo expresaron con tanta claridad que casi se estremeció.

–Gracias por el café y por la conversación. Será mejor que me vaya.

Ella se levantó de la silla.

–Te acompañaré a tu bungaló.

Angel estaba deseando que la acompañara, pero se echó el pelo hacia atrás y replicó con frialdad:

–No es necesario. Además, no me voy al bungaló. Vuelvo a la fiesta.

Alex la miró detenidamente.

–Por si te sientes mejor, te diré que mi esposa ya había fallecido cuando nos acostamos. Murió unas semanas antes.

Ella se quedó helada.

–Me ha parecido que tenías derecho a saberlo –continuó él.

Angel sacudió la cabeza, incapaz de creer lo que acababa de oír.

–¿Y has esperado todo este tiempo para decírmelo? ¿Por qué, Alex? ¿Por qué me dijiste que estabas casado?

–Yo no dije que estuviera casado.

–Es posible que no lo dijeras, pero me dejaste creer que lo estabas. ¿Por qué, Alex? –volvió a preguntar–. ¿Por qué?

Alex no llegó a responder a la pregunta. Angel lo adivinó antes de que él pudiera abrir la boca.

–Ah, claro... Dejaste que lo creyera porque era la forma más fácil de librarte de mí.

–Nunca me han gustado las escenas –le confesó.

Ella respiró hondo, absolutamente indignada.

–Me vuelvo a la fiesta, Alex. Pero será mejor que ten mantengas alejado de mí... porque, de lo contrario, hablaré con el gerente del hotel y te denunciaré por acoso.

Él la miró con humor.

–Espero que no llegues a tanto, pero no te preocupes. Si te sientes en la obligación de denunciarme, te prestaremos la atención debida. En el hotel nos tomamos esas cosas muy en serio.

–¿Qué estás insinuando? Este hotel no es tuyo. Pertenece a la familia Theakis... –dijo, desconcertada.

–En efecto. Pero resulta que Syros Theakis era uno de mis abuelos –le informó–. De hecho, soy el presidente del Grupo Theakis. Y, como ya he dicho, jamás desestimaríamos una denuncia por acoso.

Angel no supo qué decir. Alex le lanzó una última mirada, dio media vuelta y se alejó sin mirar atrás.

Capítulo 4

ANGEL se quedó en la fiesta una hora más, lo justo para que se le despertara un dolor de cabeza que, cuando volvió al bungaló, se había convertido en una migraña. Pero se dijo que, al menos, no estaría despierta toda la noche pensando en la conversación que había mantenido con Alex Arlov. Solo estaría despierta hasta que le hiciera efecto su medicación, que siempre llevaba consigo.

Pero se equivocaba.

Estuvo despierta media noche, yendo constantemente al servicio para vomitar. Y, como no se quedó dormida hasta las cuatro de la mañana, despertó con tan mal aspecto que tardaron un siglo en maquillarla.

¿O eso era normal en un rodaje? Angel no lo podía saber, porque no estaba acostumbrada a los rodajes. Hasta entonces, solo había trabajado como modelo.

Sin embargo, la mañana fue razonablemente bien. Salvo por su compañero de rodaje, Clive, que resultó ser un actor demasiado presuntuoso para su gusto.

Al cabo de unas horas, Angel le preguntó:

—¿Crees que nos darán mucho tiempo para comer?

—Bueno, en mi humilde opinión...

Angel pensó que Clive no tenía ni idea de lo que

significaba la humildad, pero descubrió que tenía sentido del humor.

–Está bien, está bien, mi opinión no es nada humilde –dijo, sonriendo–. Pero no te preocupes por eso. Hemos terminado por hoy.

Y resultó que Clive tenía razón.

Para entonces, Angel ya había averiguado que la estrecha franja de agua que separaba la isla de tierra firme era segura, de modo que tomó la decisión de volver al hotel a nado en lugar de regresar en la lancha.

Cuando Clive lo supo, dijo lo mismo que había dicho cuando la vio leyendo un libro:

–¿Es por placer?

Angel no le hizo caso. Sabía que Clive era un hombre inteligente y que se fingía superficial porque se había acostumbrado a los papeles de galán con pocas luces que siempre le daban en el cine.

Se dirigió a la playa, se metió en las aguas de color turquesa y empezó a nadar.

Ya estaba a mitad de camino cuando oyó el motor de la lancha. Angel se detuvo y vio con espanto que un niño pequeño se había alejado demasiado de tierra firme y que flotaba a la deriva con su flotador. En ese momento, se dio cuenta de dos cosas más: la primera, que el piloto no había visto al niño y que lo iba a arrollar si no se apartaba; la segunda, que ella no nadaba tan bien como para alcanzarlo a tiempo.

–¡Eh! ¡Socorro!

Los gritos de Angel llamaron la atención de las personas que estaban en la playa, pero no del piloto de la lancha. Desesperada, empezó a nadar a toda prisa, forzando el ritmo al máximo. Y, contra todo pronóstico, lo alcanzó.

A pesar de ello, el incidente habría terminado en tragedia si el piloto no los hubiera visto en el último instante y hubiera virado. La lancha pasó tan cerca que Angel se llevó un golpe en el hombro, pero estaba tan preocupada por el niño que ni siquiera se dio cuenta.

Al cabo de unos minutos, una motora se acercó a ellos. Angel se sintió inmensamente aliviada al subir a bordo, pero se llevó una sorpresa al ver a Alex.

–¿Te encuentras bien?

–Sí –mintió.

Él la miró con preocupación.

–Será mejor que te sientes.

Alex se mantuvo en silencio durante el trayecto a la playa. O, por lo menos, se mantuvo en silencio hasta que el niño empezó a protestar.

–¡Quiero estar con mi mamá...!

–Descuida –dijo él con voz seca–. Te está esperando.

Angel lo miró con recriminación.

–¿Por qué le hablas así? ¿No comprendes que está asustado?

Alex frunció el ceño.

–Ya sé que está asustado. Y haz el favor de quedarte sentada... Si te caes al agua, dejaré que te ahogues –dijo–. Jamás había visto un acto tan suicida y estúpido. ¿En qué estabas pensando, Angel? Esa lancha ha estado a punto de arrollaros a los dos. No sé cómo te las arreglas... cada vez que te veo, estás al borde de la muerte.

Angel abrió la boca para protestar, pero justo entonces llegaron a la orilla y se vieron rodeados por un montón de personas, incluida la madre del pequeño. Tras unos momentos de confusión, Alex la ayudó a bajar de la motora y preguntó:

−¿Necesitas que alguien te acompañe al hotel?

−No, gracias, no es necesario.

Angel se alejó del lugar tan rápidamente como pudo. Sabía que la querrían felicitar por lo que había hecho, pero estaba demasiado alterada y no se sentía con fuerzas para hablar con nadie. Alex tenía razón. Había estado a punto de perder la vida. Otra vez.

Empezó a andar por la playa y no se detuvo hasta llegar a una pequeña cala, que estaba vacía. Luego, se sentó en la arena, cerró los ojos y cayó en la cuenta de que había empezado a temblar.

Ya se había tranquilizado cuando Alex apareció a su lado y sacudió la cabeza. Había una buena razón para que la cala estuviera vacía a esas horas; la marea estaba subiendo y, en cuestión de unos minutos, el agua cortaría la estrecha franja de arena por la que Angel había pasado poco antes. Si se quedaban allí, no tendrían más remedio que volver a nado o subir por el empinado pinar que se alzaba sobre ellos.

Pero, cuando la miró a la cara, su enfado desapareció. Angel no parecía una persona que acababa de salvar la vida a un niño. Tenía un aspecto tan vulnerable que se le hizo un nudo en la garganta.

−¿Estás bien?

Ella no alzó la cabeza. De no haber sido porque

Alex le había tapado el sol, no habría notado que estaba allí.

–¿Angel?

Por fin, ella lo miró.

–Sí, sí... estoy bien.

Angel apartó la mirada con rapidez e intentó levantarse, sin ver que él se estaba inclinando para sentarse en la arena. Y estuvieron a punto de pegarse un buen cabezazo.

–¿Seguro que estás bien?

Angel lo volvió a mirar. Alex se había quitado la camisa, y estaba tan impresionante que se dedicó a admirar su pecho durante unos segundos.

–Ya te he dicho que sí –respondió en voz baja.

–Y, si te lo repites lo suficiente, hasta serás capaz de creértelo –bromeó él.

–Es posible.

Angel dejó de admirar el cuerpo de Alex y lo miró a los ojos. Extrañamente, no parecía enfadado con ella; a decir verdad, parecía más preocupado que otra cosa. Y se quedó desconcertada, porque no sabía cómo reaccionar ante su preocupación.

Pero se dijo que eso no tenía nada de particular. Alex podía ser el padre de su hija, pero solo era un extraño para ella. Un desconocido.

–No me pasa nada, Alex. Me he ido porque no tenía ganas de enfrentarme a toda esa gente –declaró–. ¿Cómo está el niño?

Alex se encogió de hombros.

–¿El niño? Cualquiera diría que no le ha pasado nada... Cuando me he ido, estaba posando tranquilamente para que le hicieran fotos.

–Ah...

Angel se estremeció de repente.

–¿Qué ocurre, Angel?

–Nada.

–Dime la verdad...

Ella suspiró.

–Es que me duele un poco la cabeza.

–¿La cabeza?

–Sí.

Angel se llevó una mano al hombro donde se había llevado el golpe. Afortunadamente, no tenía ninguna herida.

–Déjame ver...

Ella se apartó.

–No es necesario, Alex.

Él frunció el ceño.

–Déjame ver –insistió–. Puedes decir lo que quieras, pero los dolores de cabeza no dejan moratones.

Alex le apartó el cabello con una mano y le tocó el hombro. Al sentir su contacto, Angel se estremeció y se apartó tan rápidamente como pudo.

–Déjame en paz –gruñó.

Las palabras de Angel le resultaron tan cómicas como beligerante su actitud.

¿Que la dejara en paz?

Le habría encantado, pero no podía.

No había podido seis años antes y ahora, tampoco. La había deseado desde el primer momento y, lejos de reducirse, el deseo había aumentado con el tiempo.

Además, no se podía refrenar cuando estaba con ella. Su contención desaparecía por completo. Ni siquiera importaba que Angel hubiera estado a punto de sufrir un accidente grave. El deseo lo asaltaba en cualquier circunstancia.

–Tienes suerte de haber salido del agua sin más problemas que un dolor de cabeza –declaró él, irritado.

Ella frunció el ceño.

–¿Podrías bajar la voz? No estoy sorda –le recordó.

Alex apretó los labios y volvió a recordar la escena que había visto desde la playa, antes de salir en su busca. Aquella lancha la podía haber arrollado.

–¿Es que no piensas nunca en las consecuencias de tus actos?

–Por supuesto que sí. ¿Y tú? –contraatacó.

Él hizo caso omiso de su pregunta.

–No estamos hablando de mí, sino de ti y del numerito publicitario que has montado hace un rato –replicó.

Ella se quedó atónita.

–¿Numerito publicitario? ¿Crees que ha sido un montaje?

Alex no creía sinceramente que Angel lo hubiera organizado para quedar como una heroína, pero la idea se le había pasado por la cabeza.

–No, no creo que tengas tanto cerebro como para... –Alex dejó la frase sin terminar–. ¿Nunca piensas antes de hacer las cosas?

Angel perdió la paciencia.

–¡No, por supuesto que no! Es la historia de mi vida, Alex –dijo con amargura–. Si pensara las cosas con detenimiento, ¿crees que me habría acostado con un canalla egoísta que me hizo creer que estaba casado para que dejara de molestarle? ¿Crees que habría perdido la virginidad con semejante individuo?

Angel cerró los ojos para no ver la expresión de Alex.

No era una simple expresión de sorpresa. Era como si alguien le hubiera apuntado con una pistola y hubiera apretado el gatillo.

Por desgracia, ya no podía retirar sus palabras. Le había dicho la verdad en un acceso de ira, y se lo había dicho en el peor momento posible.

Definitivamente, la gente no se volvía más sabia con la edad.

O, al menos, ella no se había vuelto más sabia.

Capítulo 5

ME ESTÁS diciendo que tú...? ¿Quieres que crea que...? –Alex se había quedado tan sorprendido que no conseguía terminar una frase–. No, no es posible. Tú no eras virgen cuando te acostaste conmigo.

–Claro que no. Solo era una broma, Alex.

Angel la miró con desconfianza y se pasó una mano por el pelo.

–No, no era una broma. No intentes desdecirte. Eras virgen, pero te comportaste como si fueras una...

–¿Una qué? –lo interrumpió.

Él sacudió la cabeza.

–Maldita sea, Angel.

Ella se encogió de hombros y se cruzó de brazos. De repente, tenía frío. El genio se había escapado de la lámpara; le había dicho la verdad y ya no podía hacer nada al respecto. Nada en absoluto.

–Bueno, tampoco es para tanto. Todas las mujeres pierden la virginidad en algún momento –alegó.

–¿Que no es para tanto? Claro que lo es, Angel. Lo es para mí y debería serlo para ti –replicó Alex.

La confesión de Angel lo había dejado desconcertado. Nunca había pensado en esas cosas. Sabía que Emma era una mujer con experiencia cuando se conocieron, pero no le dio importancia. Era lo más natural. Además, no era de la clase de hombres que encontraban atractiva la virginidad, aunque solo fuera porque les ofrecía la oportunidad de interpretar el papel de maestros.

Sin embargo, eso no significaba que le pareciera irrelevante. Si lo hubiera sabido en su momento, se habría alejado de ella antes de ponerle una mano encima.

–Siento que mi capacidad para reírme de mi propia historia te moleste, pero ha pasado mucho tiempo desde entonces y la vida sigue adelante –se defendió ella–. Pero, bromas aparte, me he limitado a decir la verdad. Siempre hay una primera vez para todo... de hecho, soy de la opinión de que la segunda puede ser más complicada que la primera.

Alex guardó silencio durante unos segundos, pálido como la cera. Después, la miró a los ojos y preguntó:

–¿Por qué no me lo dijiste?

–No recuerdo que habláramos demasiado antes de acostarnos, Alex –contestó–. Además, ¿habría cambiado algo si te lo hubiera dicho?

Alex abrió la boca y la volvió a cerrar. Era una buena pregunta. En principio, lo habría cambiado todo, pero no estaba seguro.

–No lo sé, Angel. Solo sé que ahora me siento como si fuera una especie de depredador sin escrúpulos.

Ella soltó una carcajada.

–Pues lo siento mucho, Alex, pero no puedo hacer nada para que te sientas mejor. Tendrás que aprender a vivir con ello.

El sarcasmo de Angel fue tan duro y descarado que arrancó un destello de rubor a las mejillas de Alex.

–¿Te acostaste conmigo con intención de...?

–Oh, claro que sí –dijo ella, más irónica que antes–. Me puse delante de un autobús para que me salvaras y, a continuación, me arrebataras la virginidad.

Alex la miró con exasperación.

–Está bien... ya lo he entendido. Sé que no fue premeditado. Pero ¿por qué has dicho antes que la segunda vez puede ser más complicada que la primera?

Angel le dedicó una sonrisa tan dulce como falsa.

–Porque lo nuestro fue tan terrible que no lo pude superar. Me marcó tanto que estropeó mis relaciones con los hombres –respondió con sarcasmo.

–Exceptuando al padre de tu hija, por supuesto –replicó.

Ella asintió.

–Ah, sí... el padre de mi hija.

Angel suspiró y se frotó los ojos, sintiéndose culpable. Sabía que estaba retrasando el momento de decirle la verdad. Algo inadmisible para una mujer que se preciaba de ser sincera y de jugar limpio.

Ladeó la cabeza y, al hacerlo, Alex vio que también tenía un arañazo en la sien. No era gran cosa, pero se le hizo un nudo en la garganta y sintió el deseo de protegerla a pesar de su actitud beligerante y de la conversación que mantenían.

–Sabes que hoy has hecho una locura, ¿verdad? –dijo él, pensando que había sido extraordinariamente valiente–. Sabes que te podrías haber matado...

Angel no dijo nada. Él cerró los ojos un momento y

volvió a sentir la impotencia que había sentido cuando pensó que la lancha la iba a arrollar.

–Podrías estar muerta, Angel.

–No puedo morir.

–¿Cómo? –preguntó, sorprendido.

–No puedo morir porque soy responsable de una persona que me necesita y que se quedaría sola en el mundo si yo no estuviera.

–Te refieres a Jasmine...

–Sí, me refiero a Jasmine.

Angel no lo pudo evitar. Había acumulado tanta tensión que rompió a llorar desconsoladamente. Alex tenía razón; había puesto su vida en peligro y había estado a punto de dejar a Jasmine sin madre.

–Dios mío, ¿qué he hecho...?

Alex se acercó a ella y cerró los brazos alrededor de su cuerpo. Esta vez, Angel no se resistió. Se dejó querer y apoyó la cabeza en su pecho.

–¿Qué habría pasado si...? –continuó ella.

Él le acarició el cabello, confundido con sus propias emociones. Tan pronto la deseaba con todas sus fuerzas como se sentía en la necesidad irrefrenable de darle afecto.

–No tiene sentido que te preocupes por eso. Has vivido para contarlo, Angel.

–Lo sé, pero...

–¿Cuántos años tiene tu hija? –preguntó Alex, por cambiar de conversación y distraerla de sus preocupaciones.

–Está en el primer año de colegio. Bueno, estaba.

–¿Estaba?

–Tuvo dificultades para integrarse, pero le han

puesto un tutor y estoy segura de que se acostumbrará pronto. Es una chica muy inteligente –declaró con orgullo.

Alex le concedió unos segundos de silencio, para que recuperara el aplomo. Luego, la miró otra vez y preguntó:

–¿Ya está mejor?

Angel asintió contra su pecho.

–Sí, mucho mejor. Me siento culpable por no estar a su lado, pero me surgió la oportunidad de trabajar en este rodaje y no la podía rechazar.

–Comprendo.

Ella alzó la cabeza.

–Supongo que no te parece bien, claro.

–¿Por qué dices eso?

–Porque mi hija es pequeña y tiene problemas. Seguro que piensas que yo no debería estar trabajando.

Alex pensó que merecía la acusación. Si la había juzgado a la ligera en todo lo demás, ¿por qué no la iba a juzgar a la ligera en lo relativo a su hija?

Pero Angel se equivocaba.

–No, no he pensado eso. Yo no sé nada de la paternidad –replicó, muy serio–. De hecho, aún no me he acostumbrado a la idea de que eres madre.

–Pues ya ves, lo soy. Madre y mujer. Algo más que un simple cuerpo que queda bien en biquini –observó.

–No lo dudo, pero... ¿por qué no aparece ese detalle en tu página web? La estuve mirando y no dice que tengas una hija.

Ella lo miró a los ojos.

–Alex, tú no eres el único que le tiene aprecio a su intimidad –afirmó–. ¿Me has estado investigando?

–Sentía curiosidad.

Angel asintió. Ella también sentía curiosidad por Alex y, antes de darse cuenta de lo que hacía, le preguntó:

–¿Por qué nos has dado permiso para rodar en tu isla? Tengo entendido que siempre rechazas las peticiones... Incluso me han dicho que, en cierta ocasión, te negaste a que los príncipes de una Casa Real se casaran en Saronia.

Él entrecerró los ojos.

–¿Te han dicho eso?

–Sabes perfectamente lo que dicen de ti. No lo niegues.

–¿Y cual es tu teoría?

–No tengo ninguna. Pero, si tuviera que elegir, diría que nos has dado permiso porque te aburrías o porque estás pensando en pasarte al negocio de los cosméticos... A fin de cuentas, es lo que se rumorea.

Él sonrió.

–No esperarás que te dé información de primera mano, ¿verdad?

–No, en absoluto. Pero los rumores ya han servido para que las acciones de la empresa se disparen. Se sabe de algunas modelos que hasta han empezado a leer las páginas de economía de los periódicos.

Alex volvió a sonreír.

–¿Nadie te ha insinuado que podría tener otro motivo? Puede que os haya dado permiso porque quería tenerte a mi merced.

Ella le devolvió la sonrisa.

–Vaya... vas a conseguir que me sienta especial.

Él se encogió de hombros.

–La explicación es más sencilla. He permitido el rodaje porque mi sobrino me pidió ese favor. Dice que será bueno para su carrera.

–Y tú eres el típico tío que hace favores a sus sobrinos...

–Es lógico que se los haga. Nico es un buen chico y, además, servirá para que Adriana, mi hermana, esté contenta.

–¿Tienes una familia grande?

–No tan grande. Mis padres murieron hace tiempo en un accidente de tráfico –contestó–. Tengo dos hermanas... Yo soy el pequeño. Adriana me saca diez años.

–Supongo que Adriana es la madre de Nico...

Alex asintió.

–Su marido, Gus, es abogado. Dejó su bufete y ahora dirige nuestra delegación griega –explicó–. Solo tienen un hijo.

–¿Y tu otra hermana?

Alex tardó unos segundos en contestar.

–Se llama Lizzie y tiene más o menos tu edad.

–¿Mi edad? Eso no es posible. Yo soy más joven que tú, y acabas de decir que eres el más joven de tu familia.

–Sí, bueno... es que Lizzie solo es mi hermanastra. Fue el resultado de una aventura –declaró con incomodidad–. Pero los detalles no son importantes. Como ya he dicho, solo es mi hermanastra.

–Y no te llevas bien con ella...

Él la miró con intensidad.

–¿Quién ha dicho eso? Lizzie no tiene la culpa de lo que pasó.

Alex pensó que su madre era la única persona que se llevaba mal con Lizzie, pero no dijo nada. No quería hablar de sus problemas familiares.

–¿Y qué pasó con tus padres? ¿Se divorciaron?

Angel sabía lo que se sentía en ese tipo de situaciones. Cuando tenía ocho años, su madre la separó de un padre al que adoraba. Era tan pequeña que pensó que la culpa era suya, que había hecho algo malo y que la castigaban por ello.

Un día, durante una de las cortas visitas a casa de su padre, estaba tan enfadada que su hermano la sentó sobre sus piernas y le dijo varias cosas importantes. Aún recordaba la conversación:

–Mira, Angel, te puedes comportar como una niña mimada y arruinar este día o te puedes divertir. Lo que ha pasado no es culpa tuya ni mía. Ni siquiera es culpa de papá.

–Pero mamá no nos quiere... –protestó.

–Lo sé –dijo su hermano, frustrado–. Pero, por mucho que no nos quiera, le disgusta más que papá nos quiera. ¿Lo vas entendiendo?

–¡La odio, Cesare!

–No deberías. No merece la pena. Recuerda que, cuando seamos mayores, perderá el poder que tiene sobre nosotros y nos podremos ir a vivir donde queramos.

–¿Podremos vivir con papá?

–Por supuesto.

Angel sacudió la cabeza e intentó concentrarse en su conversación con Alex. A fin de cuentas, el pasado ya no tenía remedio.

–No, no se divorciaron –dijo Alex, con una sonrisa triste–. Mi padre traicionó a mi madre, pero ella le perdonó.

–Tuviste suerte...

Él la miró con sorpresa.

–¿Por qué dices eso?

–Porque hay madres que no perdonan nunca –Angel ladeó la cabeza y lo observó con detenimiento–. Ah, pero tú no lo hiciste...

–¿A qué te refieres?

–A que tú no perdonaste a tu padre.

Alex apartó la mirada.

–No era yo quien lo debía perdonar.

–Si tú lo dices...

Él suspiró.

–Bueno, admito que lo juzgué apresuradamente en su día. Yo era muy joven y tenía toda la arrogancia de la juventud –explicó–. No podía entender que lo hubiera arriesgado todo por acostarse una noche con una desconocida.

A Angel le pareció irónico que él, precisamente él, hablara en esos términos. No en vano, se había acostado con una desconocida seis años atrás. Y, por si eso fuera poco, había sido tan irresponsable como para hacerle el amor sin preservativo.

Pero, al mirarlo, se dio cuenta de que aquella situación había sido excepcional en la vida de Alex. No era el mujeriego que ella había creído. Por eso se sentía tan culpable.

–Entonces, a ti no te parece bien que... Tú no... –empezó a decir, ruborizada.

–¿Qué me estás preguntando? ¿Quieres saber si me acuesto con mujeres a las que acabo de conocer?

Pues no, no lo tengo por costumbre. Aunque comprendo que me lo preguntes... Sinceramente, lo nuestro fue una excepción –dijo Alex–. Pero estoy cansado de hablar de mí. ¿Qué me dices de ti?

–Bueno, ya hemos decidido que las modelos nos acostamos con cualquiera –ironizó.

Él frunció el ceño.

–No me refería a tu experiencia sexual, Angel.

–Ah, comprendo... Quieres que te hable de mí, en general.

–Sí.

–¿Por dónde empiezo? ¿Por mis opiniones políticas? ¿Por mis gustos literarios y cinematográficos? –declaró con ironía–. Veamos... Bebo demasiado café, mi color preferido es el verde, soy Piscis...

–¿Es que tienes que hacer una broma de todo?

Ella sacudió la cabeza y abrió la boca para responder, pero él se le adelantó.

–¿Dónde está tu hija?

–En casa. En Escocia, con...

Angel no llegó a pronunciar el nombre de su hermano. Alex era amigo de Cesare, pero no sabía que Cesare era su hermano. Y no quería que lo descubriera tan pronto.

–Mi hija se siente mejor cuando está con él –sentenció.

Alex se puso tenso. Cuando Angel le confesó que era madre soltera, él dio por sentado que no había ningún hombre en su vida. Pero cabía la posibilidad de que se hubiera equivocado; cabía la posibilidad de que estuviera con otro.

De hecho, era lo más lógico. No podía esperar que

Angel se hubiera mantenido célibe durante seis años, solo por si él volvía a aparecer.

Entrecerró los ojos y miró sus manos de nuevo, pero estaban desnudas, sin alianza. Fuera quien fuera el hombre con el que Angel había dejado a Jasmine, no era su marido. Sin embargo, era evidente que confiaba en él.

Respiró hondo y se volvió a preguntar cómo era posible que la mujer de su mejor noche de sexo hubiera sido virgen cuando se acostó con él. Durante años, había pensado que era una seductora con mucha experiencia, y ahora resultaba que era virgen. ¿En qué lugar le dejaba eso? Cada vez se sentía más culpable.

–¿Estás saliendo con alguien? –le preguntó–. ¿Al padre de tu hija no le importa que Jasmine se críe con otro hombre?

–¿Y a ti? ¿Te importaría? –contraatacó ella.

Él asintió.

–Sí, me importaría.

Angel no podía sospechar que Alex tenía razones de peso para responder de esa manera. Lizzie había pasado los primeros años de su vida en casas de familiares y amigos, antes de que su padre la reclamara y la llevara a vivir a su casa. Alex había sido testigo del sufrimiento de su hermana y se había prometido que, si alguna vez tenía un hijo, no permitiría que pasara por eso; se aseguraría de que tuviera el hogar que necesitaba.

–De todas formas, estamos hablando por hablar –dijo Angel–. Mi hija no se está criando con otro hombre. Es responsabilidad mía, solo mía.

–Ah, comprendo. Entonces, tu novio se limita a hacerte de niñera cuando dejas a tu hija para irte a trabajar...

–Haces que suene como si trabajar fuera un delito –protestó ella.

Alex se puso a la defensiva.

–Solo era una observación. ¿Por qué crees que te estoy juzgando?

–¿No me estabas juzgando?

–No. Aunque, pensándolo bien, puede que reacciones de ese modo porque te sientes culpable, porque crees que no deberías dejar a tu hija con un hombre.

–Oh, vaya... ¿Ahora estás en contra de que los hombres hagan de niñeras?

Él arqueó una ceja.

–Yo no he dicho eso.

–Lo has insinuado –afirmó, tajante–. Si yo tuviera novio y estuviera dispuesto a quedarse en casa y cuidar de mi hija, me consideraría terriblemente afortunada. Pero eso no quiere decir que me agrade la idea de dejar a Jasmine con otras personas. Esta situación es temporal. Solo tengo intención de seguir cinco años como modelo, lo justo para ahorrar lo necesario y poder abrir mi propio...

Angel no dijo nada más. En mitad de la frase, se había dado cuenta de que Alex no merecía ninguna explicación.

–¿Si tuvieras novio, has dicho? –preguntó él–. ¿Eso significa que no lo tienes?

–¿Por qué te interesa tanto? ¿Es que quieres presentar tu solicitud? –replicó con ironía.

Alex guardó silencio.

–Era una broma –continuó ella, sorprendida por su aparente falta de sentido del humor–. Y, de todas formas, no necesito un novio. Mi hermano me ayuda mucho con Jasmine.

–¿Tu hermano? –dijo Alex, claramente sorprendido–. ¿El hombre con el que está tu hija es tu hermano?

–En efecto.

Angel estuvo a punto de decirle que su hermano y ella vivían juntos, en el castillo escocés que Cesare había heredado de su padre; pero se lo calló porque no quería hablar sobre las razones que la habían llevado a vivir con él.

–Bueno, será mejor que me vaya –continuó ella.

Angel se levantó con intención de volver sobre sus pasos.

–No puedes ir por ahí –dijo él.

–¿Por qué?

–Porque la marea está alta y habrá cortado el camino.

Angel se giró y vio que Alex estaba en lo cierto. Las aguas llegaban ahora a la pared rocosa, cerrando el paso que daba a la playa del hotel.

–¿Estamos atrapados?

Alex sintió el deseo de tomarle el pelo y responder afirmativamente a su pregunta, pero se lo pensó mejor.

–Tranquilízate. Hay un camino por el bosque –dijo, señalando el pinar–. Es ligeramente más largo, pero nos llevará de vuelta. Ven, te acompañaré.

Juntos, entraron en el bosque y avanzaron por un sendero que estaba cubierto de agujas de pino. En la penumbra de los árboles, el arañazo de la frente de Angel se notaba más.

–Has tenido suerte. Podrías haber terminado con un ojo morado.

–Supongo que sí, pero eso no tiene importancia. Lo único que me preocupa es el hombro –dijo ella–. La lancha me ha dado un buen golpe, y sospecho que mañana me dolerá.

–Espera... voy a echarle un vistazo.

Alex se acercó y le miró el hombro con detenimiento.

–¿Qué tal está? –preguntó ella.

–Magullado.

–¿Y el arañazo de la sien? ¿Se nota mucho?

Él sacudió la cabeza.

–No, no mucho.

Angel suspiró y siguió andando.

–Qué desastre...

–¿Por qué dices eso? –preguntó él con extrañeza–. Te acabo de decir que no se nota...

–Porque nadie lo notaría si yo fuera una persona normal y corriente, pero no lo soy. Mañana, cuando me ponga delante de los focos y de la cámara, se notará hasta la marca más pequeña –dijo–. La maquilladora tendrá que hacer un esfuerzo extra conmigo.

Angel pensó que era una lástima que el maquillaje no sirviera también para disimular sus heridas emocionales. La vida era más sencilla antes de encontrarse con el hombre que, durante seis largos años, había sido el objeto de su odio. Ya ni siquiera lo podía odiar. Ahora sabía que no estaba casado cuando se acostó con ella.

Alex Arlov había dejado de ser un canalla y se había convertido en un hombre con sus propios problemas familiares; un hombre que tenía sus propias cicatrices y con quien, al parecer, compartía muchos puntos de vista.

–¿No pueden dejar tus escenas para otro día? –preguntó Alex, intentando apartar la vista de sus curvas.

Angel rompió a reír.

–¿Te has vuelto loco? En primer lugar, salgo en todas las escenas; no pueden rodar si no estoy presente... Y, en segundo lugar, este negocio es muy caro. Cada segundo que se pierde, sale por una millonada –declaró–. El tiempo es oro, Alex.

–El tiempo es un lujo –puntualizó él.

Ella se detuvo. Habían llegado a lo alto de la colina y podían ver el hotel a lo lejos.

–Un lujo que yo no me puedo permitir... –Angel respiró hondo y lo miró a los ojos–. Por cierto, gracias por haber salido a buscarme en la motora. Aunque no lo haya dicho antes, te estoy muy agradecida.

Alex la miró con una expresión extraña.

–No quiero tu agradecimiento. Quiero esto...

Súbitamente, Alex inclinó la cabeza y la besó.

Angel soltó un gemido y se entregó con una pasión que surgía de lo más profundo de su ser. No luchó contra ella, no dudó sobre lo que sentía; simplemente, se dejó llevar por la marea cálida y oscura de Alex.

Durante unos momentos, dejó de ser la persona que intentaba ser y volvió a ser la que era en realidad.

Pero el beso terminó de forma tan abrupta como había empezado.

Los dos se quedaron en silencio, mirándose. Angel vio un destello de inseguridad en los ojos azules de Alex y entonces, sin decir nada, él dio media vuelta y se alejó.

Angel no se movió. Se quedó mirando a su antiguo amante, que desaparecía poco a poco en la distancia.

Capítulo 6

LOS interesados, entre los que se encontraba el dermatólogo que acompañaba a Clive en todos sus rodajes, se dedicaron a examinar la cara de Angel desde todos los ángulos posibles y bajo todo tipo de luz. Al final, llegaron a la conclusión de que no era tan terrible como temían. La hinchazón habría desaparecido en tres días y, en cuanto al arañazo, se podía disimular con un poco de maquillaje.

Obviamente, tres días no era tiempo suficiente para que Angel volviera a Escocia para ver a su hija; pero era más que suficiente para que la echara de menos. Y como decidieron suspender el rodaje hasta que su hinchazón bajara, se encontró sin nada que hacer, lo cual empeoró su situación.

Si hubiera sido distinta, se habría dedicado a tomar el sol en la playa; pero Angel no sabía estar de brazos cruzados y se llevó una alegría cuando Clive le ofreció una alternativa al aburrimiento: aprender a hacer punto.

Tras asegurarle que era muy fácil y que hasta un niño lo podía hacer, el actor la dejó a solas a la sombra de una palmera, con un ovillo de lana verde y dos agujas. Media hora más tarde, Angel lo tiró todo al suelo y soltó un bufido, desesperada. Sabía que se estaba comportando como una niña mimada, pero tenía sus motivos.

Las cosas se habían complicado mucho. El rodaje se estaba alargando, cada vez extrañaba más a Jasmine y, para empeorarlo todo, Alex Arlov había vuelto a su vida de improviso y con más de una sorpresa emocional.

Justo entonces, oyó su voz.

–No puedes tirar eso ahí. Te pondrán una multa por dejar basura en la playa.

Angel giró la cabeza y vio que Alex se acercaba lentamente, con su seguridad de costumbre. Por lo visto, no era su día de suerte. Kilómetros y kilómetros de playas y aparecía en el sitio que ella había elegido.

Se llevó una mano al pecho e intentó reducir el ritmo de los latidos de su corazón, que se habían acelerado. Luego, bajó la mirada y la clavó en sus pies. No es que los encontrara especialmente interesantes; es que resultaba preferible a admirar sus largas y musculosas piernas y su ancho y fuerte pecho, embutido en una camiseta.

–¿Y qué me vas a hacer? ¿Arrestarme? –Angel extendió los brazos y pegó las muñecas, como para que le pusiera unas esposas–. Porque, si has venido a arrestarme, te aseguro que no me resistiré.

–Si tú lo dices... Sinceramente, no te creo capaz de rendirte sin pelea –declaró con una sonrisa–. Pero no te preocupes; no estoy aquí para complicarte la vida un poco más. De hecho, he venido a salvarte.

Angel soltó una carcajada llena de sarcasmo.

–¿Para salvarme de qué?

–Del aburrimiento.

–¿Y quién dice que me aburro?

Él se sentó.

–No hace falta que lo diga nadie. Cualquiera se daría cuenta.

Angel pensó que, en ese instante, el aburrimiento era el menor de sus problemas. Estaba excitada. El simple hecho de mirar a aquel hombre bastaba para que su cuerpo se volviera loco de deseo.

Frustrada, se llevó una mano al estómago en un intento por refrenar la sensación que tenía más abajo, entre las piernas. Si se hubiera podido esconder, se habría escondido. Pero no podía, así que se tuvo que contentar con la seguridad relativa que le ofrecían las gafas de sol y la pamela que se había puesto.

Un momento después, Alex se quitó un trocito de lana que se le había quedado pegado a los pantalones y lo tiró en la arena.

–¿No decías que no se puede tirar basura en la playa? –preguntó ella con sorna–. ¿O es que tú eres un caso especial?

Alex sonrió.

–Me gustaría pensar que lo soy...

Ella se pasó una mano por la pantorrilla.

–Bueno, es posible que esté un poco aburrida –le confesó al fin–. Nunca he sabido estar sin hacer nada.

La confesión de Angel no le sorprendió en absoluto. A fin de cuentas, era una mujer obstinada, agresiva y con carácter; una mujer de acción. Era obvio por su comportamiento, pero también por la expresión de sus ojos y de sus grandes, sensuales y cautivadores labios, que tanto echaba de menos.

Como no sabía qué decir, él se tumbó en la arena y guardó silencio. Angel estuvo a punto de soltar un suspiro ahogado cuando Alex la rozó. ¿Qué podía hacer para alejarse de él? Si se apartaba sin más, se daría cuenta de que la estaba incomodando con su presencia. Incluso cabía la posibilidad de que notara su excitación.

Alcanzó el ovillo y las agujas de tejer para entretenerse con algo y, sin darse cuenta, se las clavó en la pierna.

—¡Ay! –gritó.

Alex la miró con humor.

—¿Te apetece darte un baño?

—Me encantaría, pero no puedo. Me lo han prohibido casi todo menos respirar y poco más –contestó–. Me temo que están enfadados conmigo.

—¿Cómo pueden estar enfadados contigo? Salvaste la vida a un niño...

—Bueno, tampoco se puede decir que lo salvara. Seguro que se habría salvado de todas formas –contestó.

Alex se giró y clavó la mirada en sus labios. Tuvo que hacer un esfuerzo para no besarla.

—Siempre tan modesta...

Ella sonrió.

—Por supuesto. Soy la modestia personificada... Desgraciadamente, mi sentido creativo es bastante escaso.

—¿A qué viene eso? –dijo, perplejo.

—Al ovillo y las agujas, naturalmente. Tejer no es lo mío.

—Lo comprendo, pero de ahí a decir que no eres

creativa... Si no recuerdo mal, estudiaste Artes Aplicadas.

–Y no terminé la carrera –afirmó Angel–. Pero ¿cómo lo sabes? Yo no te lo he dicho...

Él se encogió de hombros.

–Supongo que alguien me lo habrá mencionado.

Alex no fue sincero con ella; no lo sabía porque se lo hubieran mencionado, sino porque había llamado a un detective para que investigara la vida de Angelina Urquart durante los meses previos al nacimiento de su hija.

El día anterior, cuando se separaron en el bosque, Alex empezó a pensar en la conversación que habían mantenido. Y a las tres de la madrugada, se le ocurrió una posibilidad demasiado inquietante como para desestimarla sin más.

Le estuvo dando vueltas durante un buen rato. Intentó convencerse de que era una idea absurda, el resultado de mezclar su exceso de imaginación con la falta de sueño y su frustración sexual. Pero necesitaba saberlo; necesitaba salir de dudas. Así que llamó a uno de los detectives que trabajaban para él y le pidió un informe.

Al cabo de dos horas, su empleado le envió un mensaje de correo electrónico. Había pasado poco tiempo y, obviamente, solo había conseguido unos cuantos datos sobre el pasado de Angelina. Pero eran suficientes para desconfiar. Ahora, Alex sabía que Jasmine había nacido ocho meses después de que Angel y él se acostaran y que, en consecuencia, cabía la posibilidad de que fuera hija suya.

Podía ser su padre. Podía haberlo sido todo ese

tiempo sin saberlo. Si se hubiera cruzado con ella en plena calle, no la habría reconocido.

Y no sabía qué pensar.

Ni siquiera sabía si la idea le asustaba o le daba miedo.

Mientras lo pensaba, se preguntó si no estaría sintiendo lo mismo que sintió su padre el día en que la tía de Lizzie se presentó con la pequeña y con un montón de cartas de su difunta madre, que no había llegado a enviar; cartas que demostraban que Lizzie era su hija, y donde le pedía que asumiera su responsabilidad al respecto.

Pero, si sus sospechas eran correctas, si efectivamente era el padre de Jasmine, quedaban dos preguntas que no resultaban menos inquietantes. ¿Por qué no se lo había dicho Angel? ¿Tenía intención de decírselo en algún momento?

Alex se empezó a enfadar. Se enfadó tanto que le costó ponerse en el lugar de Angel y entender sus motivos.

Sin embargo, lo intentó. ¿Qué habría hecho él si hubiera sido una jovencita tímida que de repente se encontrara embarazada y completamente sola? ¿Se habría puesto en contacto con el padre de la criatura?

Alex se dio cuenta de que ponerse en contacto con él no habría sido tan fácil. Quizás lo había buscado y había fracasado porque no sabía ni por dónde empezar a buscar. O quizás había renunciado a buscarlo porque su opinión de él era tan mala que no lo quería como padre de su hija.

Fuera como fuera, se encontraba en una situación muy difícil. Estaba acostumbrado a tener el control, pero en ese caso no tenía el control de nada. Desde un punto de vista legal, la única persona con derechos sobre Jasmine era la propia Angel.

Pero, si era su hija, no permitiría que nada ni nadie se interpusiera en su camino. Y si Angel estaba saliendo con otro hombre, no permitiría que un desconocido le robara la paternidad de su pequeña.

—¿Por qué no terminaste la carrera?

La pregunta de Alex parecía completamente inocente, pero en su expresión había algo que la hizo desconfiar.

Se encogió de hombros y contestó de la forma más breve que pudo.

—Porque tuve... demasiadas distracciones.

Alex supo a qué distracciones se refería.

Angel no había terminado la carrera porque se había quedado embarazada de una niña que podía ser hija de él.

Habían pasado varias horas desde que aquella posibilidad hubiera irrumpido en sus pensamientos, pero seguía tan presente como al principio. Y estaba decidido a salir de dudas, a conseguir la respuesta que necesitaba.

Una respuesta que solo le podía dar una persona, Angel Urquart.

—¿Y ahora?

—¿Ahora? —preguntó ella, desconcertada.

—¿También tienes distracciones? Porque, si no tienes, se me ocurre que...

Ella frunció el ceño.

–Vaya, no eres un hombre precisamente sutil. No, gracias; agradezco tu ofrecimiento, pero no necesito la distracción en la que estás pensando.

Él rio.

–Me has entendido mal. No me estaba insinuando. Solo quería decir que, si ahora tienes tiempo, podrías retomar tu carrera.

Angel se sintió terriblemente mortificada. Habría dado cualquier cosa con tal de no ver la cara de sarcasmo de Alex.

Justo entonces, él le puso una mano en la barbilla y, con la otra, le levantó las gafas de sol para verle los ojos. Angel se quedó inmóvil y se maldijo para sus adentros. Se estaba comportando como un conejito asustado.

–Tienes unos ojos preciosos...

Angel se estremeció. Deseaba a Alex con toda su alma; lo deseaba tanto que apretó los puños y se clavó las uñas en las palmas con la esperanza de que el dolor la ayudara a recobrar el control de la situación.

–Pensándolo bien –continuó él–, no me importaría distraerme un poco contigo.

Ella se apartó y se bajó las gafas de sol.

–¿Qué has dicho? –gruñó ella.

Él volvió a sonreír.

–No me digas que te sorprende. Es obvio que te deseo.

Alex lo dijo con tanta naturalidad como si estuviera pidiendo una pizza en un restaurante. Y ella tuvo la sensación de que el corazón se le había detenido.

–No eres el primero que me desea –acertó a decir, nerviosa–. A decir verdad, me ocurre con frecuencia.

Angel le dijo la verdad, pero no dijo que era la primera vez que una proposición deshonesta le había estado a punto de causar un infarto.

–No lo dudo en absoluto –replicó él con humor–. Sin embargo, creo que podríamos empezar por algo más fácil que una noche de sexo apasionado. ¿Te apetece comer conmigo?

Angel pensó que la posibilidad de comer con Alex Arlov era la más absurda que había oído en su vida.

¿O no lo era?

Al fin y al cabo, el destino le estaba ofreciendo la oportunidad de conocer mejor al padre de Jasmine. Y tenía que conocerlo mejor para decidir si quería que formara parte de la vida de su hija.

Desde ese punto de vista, no tenía más remedio que dejar a un lado sus sentimientos personales y aprovechar la ocasión.

Pero ¿de qué estaban hechos sus sentimientos personales?

Sacudió levemente la cabeza y se hundió un poco más la pamela, aliviada ante el hecho de que Alex no pudiera oír sus pensamientos ni, gracias a las gafas de sol, ver la expresión de sus atribulados ojos.

No podía negar que se sentía atraída por él. Aunque eso no la convertía en una persona especial. Se había dado cuenta de cómo lo miraban las mujeres. Era un hombre de los que quitaban el aliento; un hombre tan guapo que, cuando estaban cerca, ni siquiera podía pensar.

Sin embargo, se dijo que ella no era como la mayoría de las mujeres. Ella sabía refrenarse y sabía distinguir entre el deseo y el amor.

–No me dirás que también te han prohibido que comas... –Alex sacó una botella de agua, echó un trago y se la ofreció–. ¿Quieres un poco?

Ella sacudió la cabeza.

–No, gracias.

–¿Entonces?

–Entonces, ¿qué?

–Que si también te han prohibido que comas.

–Eso depende de la cantidad de calorías –respondió Angel con rapidez–. Les preocupa el tamaño de mis caderas.

Angel lamentó haber dicho eso, pero logró resistirse al impulso de bajarse la falda del vestido y empeorar la situación. Desgraciadamente, no pudo evitar que Alex inclinara la cabeza y admirara sus curvas.

–Sí, ya veo que tienes que andarte con cuidado –dijo él con un tono tan ronco como sarcástico a la vez.

Ella lo miró con indignación, pero apartó la vista cuando los ojos de Alex perdieron el humor y se llenaron de una intensidad abiertamente carnal.

–¿No te parece que es un comentario de lo más grosero? –replicó Angel–. ¿Cómo te sentirías tú si alguien se dedicara a enfatizar tus defectos?

–No estaba enfatizando tus defectos. Ni soy yo quien ha introducido el asunto de tus caderas en la conversación –le recordó–. Obviamente, no es un tema que me moleste en absoluto... pero, si intentas convencerme de que te sientes insegura con tu cuerpo, ahórrate la molestia. Sé que no es verdad.

La mirada de Alex descendió nuevamente por sus sinuosas curvas. Sabía que ninguna mujer se habría mostrado tan activa en la cama como se había mostrado ella aquella noche si se hubiera sentido insegura. Angel había disfrutado con su propio cuerpo tanto como con el cuerpo de él, y con el detalle extraordinario de que ninguna mujer se había mostrado tan fascinada como Angel en el segundo sentido.

Al recordar las escenas de aquella noche, sintió un acceso de deseo tan intenso que casi le resultó doloroso.

Sus ojos se oscurecieron de repente. Angel le había hecho el amor con tanta lascivia que jamás se le habría ocurrido la posibilidad de que fuera virgen. Naturalmente, había notado una resistencia extraña cuando entró en ella; pero no le dio ninguna importancia. Y cuando Angel soltó un grito ahogado, no lo interpretó como una expresión de dolor, sino como un cumplido indirecto.

¿Sería posible que se hubiera engañado a sí mismo porque no quería asumir la verdad?

Mientras se lo preguntaba, Angel lo miró con atención y se dio cuenta de que se había puesto tenso.

–No deberías estar sentada aquí, bajo el sol del mediodía –dijo él.

Alex la tomó de la mano y, una vez más, ella se estremeció y rompió el contacto. Pero le quedó un cosquilleo en los dedos y no pudo impedir que su respiración se acelerara.

Era desesperante. Casi estaba jadeando.

Sus respuestas eran las de una hembra en celo, que enviaba mensajes equivocados al hombre que estaba junto a ella.

O, peor aún, mensajes correctos.

–Ven conmigo, Angel. Te alejaré del sol y, de paso, me comprometo a garantizar tu seguridad física –bromeó.

Angel sacudió la cabeza.

–No necesito un guardaespaldas.

Alex la volvió a mirar a los ojos.

–¿Y qué me dices de la comida? ¿Necesitas un caballero que te acompañe?

–¿Dónde hay un caballero? –ironizó ella–. Yo no veo ninguno.

Él rio.

–No te hagas tanto de rogar. ¿Quieres comer conmigo? ¿O no?

–De acuerdo... –contestó ella, casi con timidez–. Ahora que lo pienso, me apetece comer algo. Tengo hambre.

Una vez más, Angel se dijo que comer con Alex no tenía nada de malo. No aceptaba su ofrecimiento porque estuviera buscando un príncipe azul, sino porque Jasmine merecía tener un padre.

Además, ¿cómo iba a saber si Alex era digno de su hija si no le ofrecía esa oportunidad? ¿Cómo saber la clase de hombre que era?

Obviamente, había leído cosas sobre él en Internet; rumores e informaciones sobre un hombre rico de reputación dudosa. Pero el Alex Arlov que ella conocía no encajaba en la imagen de los medios de comunicación.

Caminaron en silencio por un sendero que avanzaba entre un bosquecillo de pinos. Miró a Alex un par de veces, lo justo para ver que parecía sumido en sus pensamientos y poco proclive a entablar una conversación. A Angel le pareció bien. Tampoco sentía muchos deseos de hablar. Pero era consciente de que, si quería conocer bien a Alex, tendrían que hablar en algún momento.

Cuando llegaron a los jardines del hotel, Alex giró a la izquierda en lugar de dirigirse a la entrada principal y abrió una cancela que, hasta entonces, siempre había permanecido cerrada.

–¿Adónde vamos? –preguntó ella.

–A comer. Ten cuidado con las piedras... son muy resbaladizas.

Angel se encontró de repente en una caleta. Estaba completamente vacía, salvo por una lancha amarrada a un poste.

–Pensaba que comeríamos en el hotel.

–Pues te has equivocado –dijo, sin dar explicaciones.

–Ya lo veo.

Alex le ofreció una mano para ayudarla a caminar sobre las piedras, pero ella la rechazó; en parte, porque quería enfatizar que no necesitaba la ayuda de nadie y, en parte, porque tenía miedo de excitarse otra vez al sentir su contacto.

Frunció el ceño y se intentó concentrar. Si resbalaba y terminaba con el trasero en el suelo, sería una experiencia tan dolorosa físicamente como humillante.

La actitud de Angel arrancó una sonrisa a Alex. Era obstinada, imprudente e irritante. Pero, cuando llegó a la motora y se detuvo a observarla, pensó que era la mujer más grácil que había visto. Sabía resbalar una y otra vez en las piedras de una cala sin perder la elegancia ni la compostura.

Un segundo después, Angel estuvo a punto de perder el equilibrio y él tuvo que hacer un esfuerzo para mantenerse al margen. Al fin y al cabo, había rechazado su ayuda. Si se caía y se daba un buen golpe, sería asunto suyo.

Pero Angel no se cayó. Siguió adelante con ciertas dificultades y, al llegar a la motora, se quedó desconcertada, sin saber cómo subir.

Alex le volvió a ofrecer una mano y, esta vez, ella la aceptó.

—Gracias.

—De nada... —replicó Alex, con una sonrisa irónica.

Angel lo miró y ató cabos con rapidez.

—Vamos a comer en Saronia, ¿verdad?

Él arqueó una ceja.

—¿Quieres saberlo ya? ¿Es que no te gustan las sorpresas?

—Solo algunas.

—Vamos, Angel... —dijo con sarcasmo—. ¿Dónde está tu sentido de la aventura?

Angel apartó la mirada, pensando en lo que había ocurrido la última vez que se había dejado llevar por su sentido de la aventura. Pero ya no era una jovencita, sino una madre decidida a ofrecer un hogar estable a su hija. Las relaciones apasionadas no formaban parte de sus planes, por mucho que Alex le gustara.

Alex quitó la amarra de la lancha y arrancó el motor. Angel se sentó y se dedicó a disfrutar del viento en la cara y de la velocidad de la motora, a sabiendas de que el trayecto no duraría mucho.

Sin embargo, duró un poco más de lo que imaginaba. En lugar de atracar en el embarcadero al que siempre iba el equipo de rodaje, Alex viró y siguió la línea de la costa hasta llegar a una zona que Angel no conocía, mucho más verde y exuberante.

Solo entonces, apagó el motor y atracó en un pequeño muelle.

–Hay una carretera que llega aquí –explicó Alex–, pero la abandonaron hace tiempo y se encuentra en tan malas condiciones que no se puede usar. Ahora hay que venir en motora o en helicóptero.

Momentos después, subieron a un todoterreno y se pusieron en marcha. Angel descubrió que el camino que habían tomado tampoco era una maravilla. Era tan empinado y estaba tan lleno de baches que se asustó un poco.

–Si vas a ir tan deprisa, pon las dos manos en el volante –dijo.

Alex sonrió.

–No sabía que fueras tan miedosa...

Angel no dijo nada. Poco después, Alex detuvo el vehículo en lo alto de la colina y ella se quedó asombrada con la belleza del paisaje. Estaban frente a una playa de arenas blancas como la nieve y una pradera llena de flores. Dos personas se dedicaban a sacar platos y cubiertos de un cuatro por cuatro y a ponerlos en la mesa que ya habían instalado.

–Si lo hubiera sabido, me habría puesto elegante para la ocasión...

Angel esperaba que Alex le presentara a sus dos empleados, pero se marcharon después de hablar brevemente con él. Mientras el cuatro por cuatro se alejaba en la distancia, Alex le puso una mano en el hombro y la sobresaltó.

Ella soltó una carcajada nerviosa.

–¿Esta es tu idea de un picnic?

Alex se había tomado muchas molestias para invitarla a comer, y Angel pensó que intentaba seducirla.

–Es más cómodo así, ¿no te parece? –contestó–. Prefiero comer en una mesa. No me gusta que se me meta arena en el plato.

–Podrías construir un cenador en la playa.

–Podría, sí. Pero sería un atentado ecológico.

–Y el respeto al medio ambiente te sale muy rentable... –ironizó ella.

Alex sonrió una vez más.

–¿Por qué te pones siempre en el peor de los casos? Te aseguro que mis motivos no son siempre tan despreciables.

Ella abrió la boca para protestar, pero no lo hizo.

–Discúlpame. A veces soy demasiado irónica.

–Bueno, si el medio ambiente te interesa tanto, deberías venir alguna vez a mi casa.

Alex se giró y le señaló un punto situado en una colina. Al principio, Angel frunció el ceño; no veía ninguna casa. Pero luego, distinguió un destello en una superficie de cristal.

–Dios mío...

Alex sonrió con satisfacción. Los arquitectos la habían construido de tal manera que se confundía completamente con el paisaje, fundiéndose con él.

–Es difícil de ver, ¿verdad?

Excavada en la colina y con un techo de hierba artificial, la casa resultaba invisible desde casi todos los ángulos; pero los grandes paneles de cristal que daban al mar aseguraban que todas las habitaciones fueran extraordinariamente luminosas.

–¿Vives aquí?

Él se encogió de hombros.

–Solo vengo de vez en cuando, a pasar unos días. Me temo que no está equipada para temporadas largas.

–Ah... –dijo ella, sin salir de su asombro.

–Pero siéntate, por favor.

Ella aceptó el ofrecimiento y se sentó.

Los primeros minutos de la comida fueron decepcionantes para Angel. Alex era un gran conversador, pero se las arregló para evitar cualquier pregunta de carácter excesivamente personal y ella se empezó a sentir frustrada.

–¿No te gusta el marisco? –preguntó Alex.

Angel, que había estado jugueteando con la comida, apartó el plato y decidió ser más directa con él.

–¿Por qué me has traído a este lugar? –declaró con desconfianza–. No creo que haya sido para hablar de comida.

Él la miró con intensidad.

–¿Por qué has venido tú? –replicó.

Angel apoyó los codos en la mesa y clavó la vista en sus ojos.

–¿Siempre respondes a una pregunta con otra pregunta?

Él alcanzó una gamba y se la llevó a la boca.

–¿Tanto te molesta? –dijo con humor.

–Todavía no me has contestado...

–Pues sí. A veces, contesto con una pregunta –afirmó–. Cuando la respuesta me interesa.

–Ah, comprendo... ¿Y cuál era tu pregunta? –ironizó ella.

Alex rio.

–¿Por qué has venido tú?

–Porque me aburría y tenía hambre.

–No digas tonterías. No estás comiendo nada.

–Es que tengo que cuidar mi figura.

–¿Seguro que es por eso? No me digas que te importa tanto la imagen que debes dar en los medios de comunicación.

–¿A qué imagen te refieres?

Él se encogió de hombros.

–A la imagen de mujer perfecta en todos los sentidos –contestó–. Aunque, pensándolo bien, supongo que no querrás contribuir a que tu propia hija se vea influida por las esclavitudes de esa imagen. No me parece que sea lo mejor para una jovencita.

Angel se puso tensa.

–Jasmine no es una jovencita. Es una niña.

–Cierto, pero los niños crecen muy deprisa...

Angel sacudió la cabeza y se levantó. De repente, tenía la sensación de ser un ratón a merced de un gato.

–¿Por qué te interesa tanto mi hija?

Él dejó la servilleta en la mesa y se incorporó.

–Porque el otro día se me ocurrió una idea de lo más extravagante.

–¿Una idea?

–Sí... Sé que es una locura, pero he aprendido a no desestimar las locuras como esa. Así que investigué un poco y descubrí un par de cosas interesantes. Por ejemplo, que tu hija nació ocho meses después de que nos acostáramos. Y como tú misma me has dicho que fui tu primer amante...

Angel se quedó tan sorprendida que tardó unos segundos en reaccionar.

–¿Me has traído aquí para saber si eres el padre de Jasmine? ¿No me lo podrías haber preguntado?

Él se pasó una mano por el pelo.

–Bueno, pensé que quizás estabas esperando el momento oportuno para decírmelo...

–Ya veo.

–Decidí ponértelo fácil, nada más.

Ella señaló la botella de vino blanco que estaba en la cubitera y dijo:

–¿Ponérmelo fácil? ¿Cómo? ¿Mediante el procedimiento de emborracharme?

Alex suspiró. Primero, se enfadaba con él por haberla tratado con cierta consideración y, después, se hacía la víctima.

–No tenía intención de emborracharte, pero te ruego que te pongas un momento en mi lugar. Si Jasmine es hija mía, tengo derecho a saberlo.

Alex pronunció las palabras con un tono tan seco y desabrido que Angel perdió la paciencia con él.

–¿Derecho? ¡Tú no tienes ningún derecho! Solo verás a Jasmine si yo te lo permito, y no lo voy a permitir.

–Pero...

–He venido aquí para averiguar si eres digno de ser su padre –lo interrumpió–, pero está visto que no eres digno en absoluto. No te quiero cerca de mi hija. Eres un canalla, un manipulador que trata a la gente como si fueran piezas de su ajedrez... Eres el último hombre que elegiría como padre de Jasmine.

Alex respiró hondo y Angel se empezó a arrepentir de haberle dicho esas cosas. Luego, él apoyó las manos en la mesa y le lanzó la más fría de sus miradas.

Cuando por fin habló, su voz sonó baja y terriblemente dura; calculada para alimentar el pánico de Angel. Era la misma voz que había derrotado a muchos hombres de negocios, bastante más duros que ella.

–Te has buscado un mal enemigo. No voy a permitir que me alejes de mi hija. Intenta impedir que la vea, y serás tú quien termine arrodillándose ante mí para rogarme que te permita verla un rato. Si tienes un solo secreto oscuro, cualquier cosa que pueda usar en tu contra, mis abogados lo encontrarán –la amenazó–. Yo no he empezado esta pelea, pero la voy a terminar. Puedes estar segura.

Alex dio media vuelta y se fue.

Angel se quedó inmóvil y se llevó una sorpresa añadida cuando, un momento después, vio que Alex subía al todoterreno y se alejaba de allí.

La había dejado sola, en mitad de ninguna parte.

Absolutamente asombrada con la situación, soltó una carcajada carente de humor alguno y se volvió a sentar.

–Bueno... al menos, no me moriré de hambre.

Veinte minutos después, apareció uno de los hombres que habían instalado la mesa y llevado la comida. Si la situación le parecía extraña, no lo demostró. Se dirigió a ella con toda amabilidad y dijo:

Capítulo 7

ALEX detuvo el vehículo a un par de kilómetros y apoyó los brazos en el volante.
Conocía la isla como la palma de su mano, pero estaba tan alterado por lo sucedido que tuvo que concentrarse para saber dónde se encontraba.

–No ha salido precisamente bien –se dijo en voz alta.

Lo había planeado todo con detenimiento. Solo quería hablar con ella y descubrir la verdad. Pero había sido un desastre.

Sin embargo, sabía que dar vueltas por la isla no arreglaría el problema. Se había dejado dominar por las emociones. Pensaba que Angel diría lo que él quería oír y, como no lo había dicho, se había enfadado y había empeorado la situación.

Ahora, todo iba a ser más difícil.

Cuando llegó al bungaló, Angel pensó que solo quería hacer dos cosas: llorar en la cama y romper algo, lo que fuera.

Desgraciadamente, no podía llorar; le había dicho a su hija que hablarían media hora más tarde y necesitaba estar tranquila. En cuanto a lo de romper algo, se suponía que era una persona adulta y que las personas adultas no se dedicaban a lanzar trastos contra las paredes. Aunque hubieran tenido una discusión con Alex Arlov.

Las cosas no habían salido como él quería y, en consecuencia, había roto la baraja. Angel no podía negar que su interpretación de hombre enfadado había sido verdaderamente impresionante, pero tampoco podía olvidar que había reaccionado de la peor manera posible cuando ella se había negado a acatar sus órdenes.

Ahora sabía que, bajo su apariencia de hombre amable y civilizado, se ocultaba un déspota implacable.

¿Se comportaría del mismo modo con su hija? ¿Reaccionaría con la misma falta de tacto cada vez que las cosas se complicaran?

Apretó los puños y empezó a caminar por la habitación.

Alex Arlov la sacaba de quicio, pero se recordó que ni sus propios sentimientos ni el propio Alex tenían importancia en ese momento. Se trataba de Jasmine, no de ellos. Y estaba obligada a velar por el bienestar y los intereses de su hija.

Logró mantener la compostura hasta después de hablar por teléfono. Solo entonces, se dejó llevar y derramó unas cuantas lágrimas que no fueron consecuencia de su enfado, sino de su arrepentimiento. Jasmine era una chica maravillosa. Merecía tener un padre; alguien que la quisiera por lo que era y que no la aplastara bajo expectativas imposibles.

¿Sabía Alex lo que significaba ser padre? ¿Sería

capaz de tratarla con el afecto que merecía? ¿O se comportaría como si Jasmine fuera una de sus posesiones?

No lo podía saber.

Pero, al recordar sus amenazas, consideró la posibilidad de llamar a un abogado para impedir que le quitara a su hija. Si Alex pensaba que se iba a asustar, se equivocaba. Lucharía con todas sus fuerzas.

Al final de la tarde, se vio obligada a salir de su encierro y a socializar un poco. No le apetecía nada, pero estaba allí por un trabajo y no se podía quedar en la habitación, así que sacó fuerzas de flaqueza y se reunió con sus compañeros.

Uno de los presentes era el ejecutivo de la empresa de publicidad que se había enfadado al saber del suceso del niño. Angel se quedó sorprendida al descubrir que había cambiado radicalmente de actitud, y que ahora parecía encantado con sus heroicidades.

Se giró hacia Clive, que se había sentado junto a ella y le dijo:

—Me alegra que esté más tranquilo...

—Por supuesto que está más tranquilo —dijo el actor con humor—. Se ha dado cuenta de que lo que hiciste es magnífico en términos de publicidad.

Angel frunció el ceño.

—¿De publicidad?

Clive le lanzó una mirada sarcástica, como si le pareciera increíble que no lo entendiera.

—Me estás tomando el pelo, ¿no?

El actor se giró hacia Carl, otro de sus compañeros de trabajo, y comentó:

–Quién iba a decir que nuestra querida Angel resultaría ser tan inocente. Ni siquiera se ha enterado de que alguien grabó la escena entera y la subió a Internet.

–¿Cómo? –preguntó Angel, atónita.

–Se ha extendido por todas partes y, como te puedes imaginar, Jake está encantado con el asunto... ¡Toda esa publicidad gratuita! Solo hay una cosa mejor que una heroína: una heroína que está preciosa en biquini.

Carl alzó su copa a modo de brindis.

–Y que lo digas, Clive...

–Qué horror... –dijo Angel.

Carl soltó una carcajada.

–Hay quien cree que todo fue un montaje –declaró Clive–. Es maravilloso, ¿verdad? No me digas que no te gustan las teorías conspiratorias...

Ella suspiró, molesta.

–No, no me gustan.

A pesar de su disgusto, el humor superficial e irónico de Clive le parecía un soplo de aire fresco en comparación con las amenazas de Alex. Pero sacudió la cabeza y se dijo que no quería pensar en él.

–¿Lo dices en serio?

–Completamente. No me parece bien que hayan subido esa grabación a Internet. Es un atentado contra mi derecho a la intimidad.

El actor sonrió.

–No puedo creer que digas eso. Eres modelo, querida mía... ¿No has considerado nunca la posibilidad de que te hayas equivocado de profesión?

–Sí, más de una vez.

Angel soltó una carcajada y miró a Sandy, que estaba a su derecha. Para ella, el trabajo de modelo solo era un instrumento para conseguir un fin. Solo iba a seguir cinco años más en el sector, hasta ahorrar el dinero que necesitaba. Su verdadero objetivo era abrir una boutique y dedicarse al diseño de moda.

Después de la cena, se excusó con el argumento de que estaba cansada y volvió al bungaló. Cuando comprobó el contestador automático, se quedó atónita. Le habían dejado más de una docena de mensajes.

Solo contestó al de su hermano, que había visto la grabación de Internet y estaba preocupado por ella. Angel tranquilizó a Cesare y se mostró de acuerdo con él cuando dijo que no convenía que Jasmine se enterara.

Tras hablar con su hermano, los pensamientos de Angel volvieron a un problema muy diferente, las amenazas de Alex y la posibilidad de que el asunto terminara en un tribunal.

Ya se estaba preguntando si el rescate del niño la ayudaría delante de un juez cuando oyó una voz que la sobresaltó.

–Hola, Angel.

–¿Alex? ¿Qué diablos estás haciendo aquí?

Alex se encogió de hombros.

–He llamado a la puerta, pero no contestabas... y como estaba abierta, he decidido entrar –respondió.

Angel intentó mantener la compostura. Alex tenía tanto poder sobre ella que, cada vez que estaban en la misma habitación, el deseo la traicionaba y su cuerpo se llenaba de sensaciones que no podía controlar.

¿Cómo era posible que lo odiara y lo deseara al mismo tiempo?

Se llevó una mano al pecho y soltó un grito ahogado al rozarse sin querer los pezones, que se le habían endurecido.

—Eso no es lo que te he preguntado. ¿Qué estás haciendo aquí?

Angel respiró hondo. Se le había hecho un nudo en la garganta.

—Solo quería hablar contigo.

—Este no es el momento más adecuado, Alex.

Angel retrocedió. Alex entrecerró los ojos y dijo:

—¿Qué te ocurre? Estás temblando...

—¿Cómo no voy a estar temblando? —replicó ella con tono acusatorio—. La última persona que apareció repentinamente en mi casa era un loco que me perseguía. Tuve que denunciarlo y conseguir que emitieran una orden de alejamiento.

Alex se quedó horrorizado.

—¿Una orden de alejamiento? ¿De qué estás hablando? ¿Quién era ese tipo?

Angel se encogió de hombros, lamentando haberlo mencionado.

—Nadie... solo un loco de tantos. A decir verdad, era inofensivo.

Alex la miró con incredulidad.

—Oh, sí... tan inofensivo que lo tuviste que denunciar —declaró con ironía.

—En realidad, fue un malentendido.

—No te entiendo...

—Cuando entró en mi casa, me asusté mucho porque pensé que llevaba un cuchillo en la mano. Pero no era un cuchillo.

—¿Qué era entonces?

—Un brazalete.

—¿Un brazalete?

Ella asintió.

—Estaba oscuro y no lo podía ver bien...

—Pero entró en tu casa sin permiso, Angel.

Angel se encogió de hombros otra vez.

—Como ya he dicho, solo era un loco. El pobre hombre estaba convencido de que yo era su alma gemela, y creo que lo del tiesto le asustó bastante más que mi amenaza de denunciarlo.

Alex arqueó una ceja.

—¿Lo del tiesto?

—Sí. Alcancé una maceta y se la estampé en la cabeza.

Él soltó una carcajada.

—Bueno, era lo único que tenía a mano... —se excusó ella.

Alex la miró con tanto afecto como humor. Angelina Urquart era una mujer terriblemente apasionada; una mujer impetuosa e imprudente que tendía a actuar por instinto en determinado tipo de situaciones.

No era extraño que se hubiera quedado embarazada durante su primera experiencia sexual. Ni siquiera había pensado que pudiera correr ese peligro.

Pero no estaba allí para hablar de su carácter.

—Siento lo que ha pasado entre nosotros, Angel. Tenías razón. No me dijiste nada que yo no supiera. Es que...

—¿Sí?

–Es que no estaba preparado para oírlo.

Alex se pasó una mano por el pelo y Angel se dio cuenta de que llevaba la misma ropa del día anterior, lo cual era verdaderamente extraño en un hombre como él. De hecho, ni siquiera se había afeitado.

–Para oírlo de mis labios, querrás decir... –puntualizó.

Él asintió.

–En efecto. Pero eres la madre de Jasmine y, naturalmente, tienes derecho a tomar decisiones sobre ella.

–Me alegra que lo reconozcas.

–Me he portado mal contigo, Angel. Te he dicho cosas terribles, cosas injustas... –Alex guardó silencio durante unos segundos–. Supongo que tienes motivos para odiarme, pero te ruego que me concedas una oportunidad. Quiero que esto salga bien.

Angel frunció el ceño.

–Quieres a Jasmine –dijo.

Él suspiró.

–Sí, claro que quiero a Jasmine; pero, sobre todo, quiero ser un buen padre. Y no tengo intención de imponerte nada.

Angel se empezó a sentir más tranquila. Sin embargo, no las tenía todas consigo. El cambio de actitud de Alex le parecía sospechoso.

–Qué extraño... Hace unas horas, me amenazaste con llevarme a los tribunales y arrebatarme la custodia de mi hija –declaró–. Ahora, te presentas aquí y me dices que estás arrepentido y que harás lo que sea necesario por ser un buen padre.

–Comprendo que desconfíes, pero...

–¿Pero?

–¿Te he hablado alguna vez de Lizzie?

–¿De tu hermanastra?

Él volvió a asentir.

–Tenía diez años cuando se enteró de que mi padre era su padre –dijo–. No quiero que Jasmine pase por eso. Quiero que me conozca y que sepa que puede contar conmigo... que tendrá todo el afecto que necesite.

Angel saltó como si la hubieran pinchado con una aguja.

–¿Insinúas que no tiene el afecto que necesita?

–Yo no he dicho que...

–No sé ni por qué me molesto en escucharte –lo interrumpió–. Jasmine sabe que no está sola. Sabe que la quiero.

–Estoy seguro de que eres una gran madre, pero esa no es la cuestión.

–¿Y cual es la cuestión?

–Bueno...

–Creo que no te lo has planteado bien. Esto no tiene nada que ver con la relación que Lizzie y tú tuvierais con vuestro padre. De hecho, no puedes permitir que los problemas de tu pasado enturbien los hechos del presente.

Alex soltó una carcajada de incredulidad.

–Me extraña que tú, precisamente tú, digas eso.

–¿Por qué?

–Porque es evidente que tu pasado está directamente relacionado con la forma en que tratas a tu hija.

–No te entiendo...

–Es evidente que no quieres cometer los errores que tu madre cometió contigo –afirmó él–. Pero no lo digo como crítica, sino como simple constatación de un hecho. Me parece lo más lógico del mundo. Intentamos no repetir los errores de nuestros padres... aunque a veces fracasamos y la historia se repite.

–No digas tonterías –protestó–. Esta situación es completamente distinta.

Él la miró con humor.

–¿Estás segura de eso? La madre de Lizzie decidió no decirle a mi padre que estaba embarazada porque sabía que estaba casado. La única diferencia con lo que pasó entre nosotros es que yo no estaba casado... pero creíste que lo estaba y no me concediste ni el beneficio de la duda –le recriminó.

Angel guardó silencio, avergonzada.

–Cuando era un niño, mi padre era un héroe para mí –continuó Alex–. Pero nuestra relación se hundió cuando supe lo que había pasado con Lizzie. No le pude perdonar que hubiera sido tan irresponsable... lo cual es bastante irónico, teniendo en cuenta que he terminado como él.

–Tú no has terminado como él. Esto no es lo mismo.

–En cierta forma, sí. Creo que hiciste mal al dar demasiadas cosas por sentado, pero eso no me consuela. Aunque ya estuviera viudo cuando me acosté contigo, solo habían pasado unas cuantas semanas desde...

–Desde la muerte de tu esposa –dijo ella.

–En efecto. Y siempre me he sentido como si la hubiera traicionado.

Angel sacudió la cabeza.

–Oh, Alex... No tienes motivos para sentirte así. La gente hace esas cosas cuando está desesperada. Cosas que no haría en otras circunstancias.

Él la miró con desconcierto.

–¿Me estás justificando? ¿Tú? ¿Precisamente tú?

–Por supuesto. Creo que te juzgas con demasiada dureza. Estabas enamorado de tu esposa... La habías perdido y...

–Sabía que la iba a perder. Su enfermedad no tenía cura.

–¿Y qué? ¿Fue menos doloroso por eso?

–Bueno...

–Por Dios, Alex, deja de torturarte de ese modo –declaró con vehemencia–. Estuviste con ella hasta el final, ¿no? Le diste tu apoyo, tu afecto...

–Sí, pero...

–Sé que es duro, pero lo hiciste lo mejor que pudiste. Y cuando falleció, te acostaste con otra mujer no porque la amaras menos, sino porque necesitabas un poco de amor, porque estabas hundido y no pensabas con claridad.

Alex no dijo nada.

–Mira, no sé cómo era tu esposa –continuó ella–, pero estoy segura de que, si hubiera sabido lo que iba a pasar, no te habría considerado culpable de ninguna traición. Al menos, yo no te habría considerado culpable.

Él bajó la mirada.

–Eres mejor persona de lo que creía...

–Ojalá lo fuera, Alex.

–¿Por qué dices eso?

–Porque compliqué las cosas con mi irresponsabilidad. Tú solo buscabas una noche de amor, pero yo... –Angel soltó una carcajada triste–. Estaba tan obsesionada con la idea de enamorarme y de encontrar un príncipe azul que, no contenta con no tomar precauciones, decidí seguir adelante con el embarazo.

–También es responsabilidad mía, Angel. Yo tampoco tomé precauciones.

–Eso es verdad. Pero no te preocupes por mí... Ya no soy aquella jovencita irresponsable. He crecido.

–No lo dudo.

–En parte, es consecuencia de la maternidad –le confesó–. Cuando tienes un hijo, no te queda más opción que madurar un poco.

Alex asintió.

–Solo deseo que mi hija sepa que la quiero.

–¿Y por qué no empezaste por decir eso, en lugar de amenazarme con quitarme la custodia de Jasmine?

–Yo...

–Olvídalo, ya no tiene importancia. Comprendo que te preocupara la posibilidad de que Jasmine se encontrara en una situación parecida a la de Lizzie, pero no tienes motivos para preocuparte. Jasmine sabe que la quieren.

–Pero no sabe que yo también la quiero –insistió Alex.

Angel apartó la mirada. Las cosas se estaban complicando mucho.

–Escúchame, Angel, por favor... No estoy aquí para discutir contigo. No tengo más pretensión que la de formar parte de la vida de mi hija. No tienes motivos para sentirte amenazada –le aseguró.

–Ni yo me siento amenazada.

–Haré lo que sea necesario. Lo que tú me digas.

De repente, Alex le puso las manos en la cara y se inclinó sobre ella como si estuviera a punto de besarla.

Ella alzó la cabeza y clavó la mirada en sus labios. Ardía en deseos de besarlo. Necesitaba besarlo. Lo necesitaba tanto que casi resultaba doloroso. Pero se refrenó y carraspeó antes de decir:

–¿Crees que un beso lo va a arreglar todo? ¿Crees que es suficiente? Tienes un defecto muy grave, Alex. Piensas que eres irresistible.

Alex la miró a los ojos con intensidad.

–No, claro que no es suficiente –dijo.

Un segundo después, asaltó su boca y la besó apasionadamente hasta dejarla sin aliento. Angel se aferró a él porque sus piernas ya no la sostenían. Estaba tan excitada que había perdido el control de la situación.

–Yo quiero mucho más que un beso, Angel –continuó él–. Mucho más.

Alex le pasó la lengua por el labio inferior y añadió:

–¿Te parece mal?

Angel se estremeció.

No le parecía mal. De hecho, lo deseaba tanto como él a ella. Y ese era precisamente el problema.

Se apretó contra su cuerpo y se concentró en su calor, en su aroma, en su intensa masculinidad. Luego, le bajó un poco la cabeza para poder tomar la iniciativa y lo besó lentamente, saboreándolo.

–No, en absoluto –contestó con voz ronca.

Los ojos de Alex brillaron. Ella permaneció inmóvil cuando él llevó las manos a su pelo y tiró un poco de él para que ella echara la cabeza hacia atrás y dejara expuesta la larga y desnuda superficie de su garganta.

Angel cerró los ojos al sentir sus labios en la piel y soltó un suspiro que se transformó en un gemido de placer. Para entonces, su respiración se había acelerado tanto que jadeaba como si acabara de correr una maratón.

Le pasó los brazos alrededor del cuello y se dio cuenta de que él también jadeaba. Estaban tan juntos, tan pegados, que hasta pudo ver una pequeña cicatriz que tenía junto al pelo y que, normalmente, no se veía. En ese momento, le pareció el hombre más bello del mundo. Pero no fue su belleza lo que la volvió definitivamente loca de deseo, sino su expresión hambrienta, llena de necesidad, una expresión de pasión pura.

Asustada y excitada a la vez, abrió la boca y susurró:

–Te necesito, Alex.

Ella se arqueó y lo besó de nuevo. Alex se dejó llevar durante unos instantes y, a continuación, soltó un suspiro frustrado.

–¿Qué ocurre? –preguntó Angel.

–Que no tengo preservativos.

Ella sonrió.

–No te preocupes por eso. Estoy tomando la píldora.

–Menos mal...

Angel solo fue vagamente consciente de que Alex

la llevaba al dormitorio y cerraba la puerta. Luego, él la alzó en vilo y la llevó en brazos, lo cual la dejó desconcertada porque era la primera vez que se encontraba en esa situación. Al fin y al cabo, era muy alta. Casi un metro ochenta sin tacones. Demasiado peso para la mayoría de los hombres.

Al llegar a la cama, él la sentó en la cama y se arrodilló en el suelo.

—Eres preciosa...

Alex le acarició la mejilla con suavidad. Ella alcanzó su mano y se la besó.

—No es preciso que te andes con tantas delicadezas —declaró Angel—. No soy de porcelana. No me voy a romper.

Él sonrió.

—Lo sé.

Angel lo agarró por la camisa y tiró un poco con intención de que se tumbara encima.

—Te voy a aplastar... —le advirtió Alex.

Ella le empezó a desabrochar los botones.

—En cierto modo, espero que me aplastes —replicó con ironía.

Angel lo deseaba tanto que sus pensamientos se habían reducido a uno solo: perderse totalmente en él, dejarse arrastrar por él y terminar consumida por su fuego. Estaba tan excitada, tan fuera de control, que el menor roce la volvía loca.

Cuando terminó de quitarle la camisa, Alex se llevó una mano al estrecho cinturón que cerraba sus pantalones de lino. Angel admiró entonces su piel dorada, sus músculos, la anchura de su pecho, la línea de vello oscuro que descendía por su duro y liso

estómago, dividiéndolo en dos; luego, le apartó la
mano del cinturón y se lo desabrochó ella misma, con
dedos temblorosos pero sorprendentemente ágiles.

Sin embargo, no le llegó a quitar los pantalones porque él la agarró por las muñecas, le levantó los brazos
por encima de la cabeza y le dio un beso lento y profundamente erótico antes de sacarle el top por arriba.

Angel se quedó en braguitas y sostén; un sostén
que era poco más que dos triángulos de encaje.

–Te deseo tanto...

Alex soltó un gemido de admiración y, acto seguido, la liberó de las últimas prendas que se inter-
ponían en su camino. Angel se tumbó en la cama y
permitió que le acariciara los senos, sin dejar de besarlo en ningún momento.

Pero no era suficiente. Quería más, mucho más.

Cerró los ojos con fuerza y se arqueó contra él, a
punto de rogarle que siguiera adelante, que lo necesitaba. Y Alex debió de darse cuenta, porque dijo:

–Lo sé.

Entonces, le lamió lentamente el contorno de una
areola y le succionó primero un pezón y luego, otro.

–Oh, Alex...

Él le introdujo una mano entre las piernas y se las
separó. Ella soltó un gemido profundo cuando la empezó a acariciar, abriéndose camino entre sus increíblemente sensibles pliegues, forzando que su respiración se acelerara y se convirtiera en una sucesión
de jadeos.

–¿Te gusta? –preguntó.

Ella asintió, embriagada.

–Me gusta...

Angel ya no podía mantener el control; de hecho, ya no quería mantener el control. Ardía en deseos de dejarse llevar, de comportarse de forma salvaje, de permitir que la devorara, de fundirse con él.

Alzó la cabeza y lo besó apasionadamente.

–Te deseo, Alex.

Él suspiró.

–Y yo a ti... No he pensado en otra cosa desde que te volví a ver, en aquella fotografía.

Alex se apartó lo justo para quitarse los pantalones y los calzoncillos. Después, la tomó de la mano e hizo que cerrara los dedos sobre su dura erección.

–Mira cuánto te deseo.

Los ojos de Alex brillaron como los de un felino. Ella entreabrió los labios y él asaltó su boca con un beso que la arrojó a un torbellino de sensaciones. Angel ya no podía más. Tenía que sentirlo dentro. Así que lo guio hasta su entrepierna y clavó la mirada en sus ojos hasta que, por fin, la penetró.

–Oh, sí...

Se empezaron a mover, rítmicamente. Él le apretó los brazos contra la cama y ella cerró las piernas alrededor de su cintura. Los movimientos se volvieron más intensos, más rápidos; la piel de Angel se cubrió de sudor y sus gemidos y gritos se fundieron del mismo modo en que se fundían sus cuerpos.

Cuando llegó al orgasmo, ella tuvo la sensación de que se había liberado por completo. Ya no arrastraba la pesada carga que había emponzoñado su vida. Había expulsado a sus demonios. Ya no era como su madre.

Y pensó que se había enamorado de Alex.

Se quedó tumbada en la oscuridad, disfrutando de lo que había sucedido, sin tener más miedo de ello que de los propios latidos de su corazón.

Alex era tan suya como ella misma. Y, si no la quería del mismo modo, si no la necesitaba con la misma intensidad, no le importaba. Estaba decidida a disfrutar del presente, a no desperdiciar el placer con preocupaciones sin sentido.

Durante aquella noche, hubo momentos menos urgentes, menos arrebatadores quizás; pero cada uno fue más sensual y maravilloso que el anterior.

Cuando despertó, Angel tenía frío.

La sábana se había caído al suelo y Alex estaba tumbado al otro lado de la cama, lejos de ella; pero abrió los ojos cuando Angel se acercó a él y se apretó contra su cuerpo en busca de su calor.

Tras la ventana, el cielo se empezaba a aclarar. Faltaba poco para el amanecer.

Angel se preguntó qué pasaría cuando llegara la luz del sol y se sintió súbitamente sola, pero desestimó esa emoción de inmediato.

No estaba sola. Jasmine estaba con ella.

–¿Tienes frío?

Ella se encogió de hombros.

–Estoy bien.

A pesar de su afirmación, Alex le pasó un brazo por encima de los hombros. A Angel le encantó el gesto; era consciente de que no se debía acostumbrar a él, pero suspiró cuando Alex le empezó a acariciar el estómago.

Entonces, él se puso tenso.

–¿Qué es esto?

Él se puso tensa y ella supo que se refería a la delgada y pálida cicatriz que tenía encima del pubis, casi oculta bajo el vello.

–Complicaciones durante el parto –contestó.

Él la miró con preocupación.

–¿Complicaciones? ¿Qué pasó? No me digas que estuviste a punto de morir...

Angel sonrió.

–No, en absoluto. Su hubiera estado en algún país del tercer mundo, sin la asistencia médica adecuada, habría tenido problemas. Pero no lo estaba –dijo, intentando tranquilizarlo–. A decir verdad, fue simple rutina.

Las palabras de Angel no tranquilizaron a Alex. Se sentía terriblemente culpable de todo lo que había pasado.

–¿Estabas sola?

Ella sacudió la cabeza.

–No.

–¿Tu madre estaba contigo?

Angel soltó una risita.

–¿Mi madre? No digas tonterías...

–Pero tener un hijo es importante... Pensé que tu embarazo os habría unido.

Angel le dio un beso en los labios y volvió a reír.

–Mi madre no me perdona que la haya convertido en abuela –replicó con humor–. De hecho, ni siquiera sé en qué país estaba cuando di a luz. Me temo que viaja mucho. Se aburre con facilidad.

Alex perjuró en un idioma que Angel desconocía.

–¿Qué idioma es ese?

–Ruso.

–Ah, vaya... ¿Me lo enseñarás? No sé qué has dicho, pero ha sonado muy bien –afirmó, sonriendo.

Él le devolvió la sonrisa.

–Te enseñaré ruso si tú me enseñas a hacer el amor en italiano, *cara*.

–Trato hecho.

–Pero volviendo a lo que estábamos hablando, ¿seguro que no estabas sola cuando diste a luz? –insistió.

–Ya te he dicho que no –respondió, divertida.

–¿Y con quién estabas?

–Con Clara, una amiga mía. Me acompañó al hospital y, mientras yo me esforzaba por tener a Jasmine, ella se dedicó a coquetear con uno de los médicos.

–¿En serio?

Angel asintió.

–En serio. Se casaron seis meses después. Fui su dama de honor.

–Veo que fue un parto interesante...

–Y tanto –dijo–. Además, los médicos avisaron a mi hermano, que estaba en Dubái... Tomó el primer vuelo que pudo y se presentó en el hospital antes de que se me pasara el efecto de la anestesia.

Alex se sintió culpable otra vez. Lamentaba no haber estado con ella, no haber tenido la oportunidad de asistir al parto de su hija.

Angel siguió hablando del parto, pero se calló un detalle importante. No le dijo que, cuando se despertó, el médico y uno de los enfermeros estaban manteniendo una conversación que cambió su vida para siempre.

–Entonces, ¿estás diciendo que no podrá...? ¿Ni siquiera con fertilización in vitro? –preguntó el enfermero.

–Bueno, existe esa posibilidad, pero es bastante remota –respondió el médico–. ¿Sabes si el padre está por ahí? Tendríamos que informarle...

Afortunadamente para Angel, Cesare ya estaba con ella y le ofreció todo su apoyo durante el proceso de recuperación. Además, estaba tan contenta con el nacimiento de Jasmine que la imposibilidad de tener más hijos no le preocupó hasta seis meses después, cuando se levantó un día y, sin darse cuenta, se dedicó a guardar las prendas de su hija, que ya se le habían quedado pequeñas.

¿Qué estaba haciendo? ¿Por qué se molestaba en guardarlas, si no podría tener más hijos, si Jasmine no podría tener nunca un hermano o una hermana?

Era completamente absurdo.

Entonces, rompió a llorar con desesperación. Y, al día siguiente, ya recuperada, metió las prendas de la niña en una bolsa y las llevó a una organización no gubernamental de su barrio, mientras intentaba animarse con la idea de que había tenido una hija preciosa y de que no todo el mundo tenía tanta suerte.

Había sido duro para ella, pero lo había superado y había seguido con su vida.

Al pensar en ello, se preguntó si Alex también habría superado el fallecimiento de su esposa o si, por el contrario, la seguía echando de menos.

–¿La enfermedad de tu esposa fue muy larga?

Alex la miró con desconcierto durante unos segundos y contestó:

–Sí.

Ella respiró hondo y le acarició el pelo.

–Sé que la pérdida de un ser querido es algo terrible. Mi amiga tuvo que ir a un psicólogo cuando...

–Yo no necesité un psicólogo –la interrumpió–. Te tuve a ti.

–¿A mí?

Alex asintió.

–Tenías razón, Angel. Me he sentido culpable todos estos años porque me acosté contigo cuando solo habían pasado unas semanas desde la muerte de mi esposa –dijo–. No me siento orgulloso de ello, pero...

–¿Sí?

–Me ayudaste a superar la pérdida, Angel. Gracias a ti, pude seguir adelante –le confesó–. Lo cual me lleva a una pregunta... ¿Tú también lo has superado?

Angel se quedó perpleja. La pregunta de Alex no podía ser más inocente. Pero la obligaba a enfrentarse a sus demonios y no le apetecía en absoluto. No entonces, no después de haber hecho el amor con él.

No tan pronto.

Capítulo 8

ANGEL se mantuvo con los ojos cerrados, fingiendo estar dormida, mientras él se vestía en el dormitorio.

Momentos más tarde, él se fue a la habitación principal y ella se levantó. No quería que se marchara sin hacer algo para cerrar la brecha que se había abierto entre ellos por culpa de aquella pregunta.

Se puso la bata y se dirigió al salón.

Alex estaba mirando la fotografía enmarcada de Jasmine. La miraba con una expresión de tristeza y de nostalgia que desapareció inmediatamente cuando se dio cuenta de que ya no estaba solo.

—Buenos días, Angel.

—Buenos días.

A Angel se le había hecho un nudo en la garganta. Y, aunque no sabía si estaba haciendo lo correcto, dijo:

—Si quieres, puedes ver a Jasmine.

Él se giró y sonrió.

—Gracias.

—Pero con una condición.

—¿Cuál?

—Que no le digas que eres su padre. Esa decisión me corresponde a mí, no a ti.

Alex asintió.

–Me parece justo.

Angel suspiró y, una vez más, cruzó los dedos para que aquello saliera bien. Era muy importante para ella.

–En ese caso, me encargaré de organizarlo todo.

Alex se acercó a ella y extendió un brazo para tocarla. Al ver el brillo de sus ojos, Angel sintió pánico.

–¡No!

Él la miró con desconcierto.

–¿Qué ocurre?

Angel sacudió la cabeza.

–Nada. Pero no puedo...

Alex frunció el ceño.

–¿Es que te encuentras mal?

–No, no me encuentro mal.

–¿Entonces?

Alex bajó la mirada y la clavó en sus pezones, que se habían endurecido por debajo de la tela de raso de la bata.

–No me mires así –le rogó ella.

–¿Así? ¿Cómo?

Angel soltó un suspiró de frustración.

–Como si quisieras...

–¿Hacer el amor contigo?

–Exactamente.

–Pero quiero hacer el amor contigo –dijo él con voz sensual–. No puedo pensar en otra cosa desde que volviste a mi vida.

Ella se estremeció.

–No digas esas cosas, por favor. No me puedo

concentrar cuando me las dices –declaró, desesperada–. No quiero que volvamos a hacer... eso.

–¿Eso?

–El amor.

–No te entiendo, Angel.

Ella suspiró.

–Forma parte de nuestro trato. Si quieres tener
presencia en la vida de Jasmine, tendrás que portarte
bien.

Alex no supo qué pensar. La petición de Angel le
parecía completamente absurda.

–Pero ¿por qué? ¿Qué tiene que ver Jasmine con
nuestras relaciones sexuales? –preguntó, intentando
ser razonable.

–Que una niña necesita continuidad, seguridad...

–¿Y quién discute eso?

Angel no le hizo caso. En realidad, estaba muy
asustada. Había abierto una puerta a sus pulsiones
más básicas y tenía miedo de dejarse llevar y conde-
nar a su hija a una sucesión de desconocidos que en-
trarían y saldrían de su casa, llevando inestabilidad a
la hasta entonces feliz vida de Jasmine.

–Tengo que pensar en las necesidades de mi hija.
Es mi prioridad absoluta.

Angel sabía que sus temores eran absurdos. Para
ser una buena madre, no se necesitaba hacer un voto
de celibato. Pero la relación con su propia madre, una
mujer tan bella como desapegada, la había marcado
tanto que tenía miedo de repetir sus errores; miedo
de ser como ella y de no prestar la atención necesaria
a su hija.

–Lo sé, Angel. Pero me necesitas.

Angel lo miró con rabia.

–¿Que yo te necesito? Oh, vamos...

Alex apretó los dientes, molesto.

–¿Se puede saber qué demonios te pasa?

–Ya te lo he dicho.

Él la miró con ojos entrecerrados y dijo algo que la desconcertó por completo.

–¿Es que quieres que nos casemos?

Alex siempre había sido alérgico al matrimonio. De hecho, había desarrollado un sexto sentido que le permitía alejarse a tiempo de las mujeres que solo querían echarle el lazo a él y a su fortuna. Pero ninguna de esas mujeres le había dado una hija y, de repente, la idea de casarse no le pareció tan mala.

Ya estaba a punto de pedírselo directamente cuando la expresión de Angel, que no parecía precisamente contenta, lo frenó en seco.

–¿Casarnos? ¡Por supuesto que no!

Él se quedó helado, sin saber qué decir.

–Eso sería ridículo –continuó ella con una carcajada seca–. No me voy a casar contigo. No me quiero casar con nadie.

Alex se sintió profundamente ofendido. El mundo estaba lleno de mujeres que habrían estado encantadas de que les pidiera matrimonio.

–No sabía que me encontraras tan detestable –ironizó.

Él la volvió a mirar y se detuvo un momento junto a la ventana, tenso. Angel pensó que parecía un tigre enjaulado.

–Este no es momento para bromas, Alex.

Él frunció el ceño.

–No, claro que no –dijo con un suspiro.

–De todas formas, gracias por el ofrecimiento.

–Por Dios, Angel, ahórrame tus agradecimientos. Esto no tiene ni pies ni cabeza. ¿Por qué no me dices la verdad? ¿Qué se te ha metido en esa...?

–¿Bonita cabeza? –lo interrumpió.

Él soltó un bufido, frustrado.

–No, tu cabeza no es bonita.

Angel arqueó una ceja.

–¿Me estás llamando fea?

–Ni mucho menos. Iba a decir que no es bonita porque es mucho más que eso. Siempre has sido preciosa, Angel.

–Ah...

Alex se giró y volvió a mirar la fotografía de Jasmine.

–Igual que ella.

Angel asintió.

–Sí, Jasmine es una preciosidad. Aunque tiene un carácter más dulce que el mío.

Él sonrió.

–Lo habrá heredado de mí.

Ella soltó una carcajada a regañadientes. Desde su punto de vista, Alex Arlov era cualquier cosa menos un hombre dulce.

Tras unos segundos de silencio, lo miró a los ojos y dijo:

–No puedo tener una aventura contigo, Alex.

Angel lo deseaba con toda su alma, pero estaba convencida de que su relación sería un desastre. Cuando estaba con él, no podía pensar en nada más. Le gustaba demasiado. Perdía la perspectiva.

Las cosas habrían sido distintas si se hubiera creído capaz de acostarse con Alex Arlov sin perder el control de la situación. Pero no se creía capaz. Y tenía miedo de terminar como esas mujeres que se obsesionaban con un hombre y se arriesgaban tanto que terminaban por perder todo lo que tenían.

–¿Quién ha dicho que solo quiero una aventura?

Angel lo miró con sorpresa.

–Oh, discúlpame. Te habré entendido mal –dijo con sorna.

–Sí, me habrás entendido mal.

Ella alzó la barbilla, orgullosa.

–Y dime, ¿qué tienes entonces en mente? –le preguntó–. ¿Algo parecido a una amistad con derecho a roce?

Él sacudió la cabeza.

–Eso sería imposible.

–¿Por qué?

–Porque tú y yo no somos amigos.

–Gracias por recordármelo.

Él la miró con un destello de arrepentimiento.

–Lo siento, Angel. Sé que no ha sonado muy bien, pero... Es que... –Alex se pasó una mano por el pelo–. Es que me vuelves loco.

Angel pensó que a ella le ocurría lo mismo.

–No te preocupes. Agradezco tu sinceridad –replicó–. Pero eso carece de importancia. No me puedo acostar contigo... Si quieres formar parte de la vida de Jasmine, tendremos que mantener una relación lo menos complicada posible.

Alex no encontró sentido alguno a sus palabras.

Por muchas vueltas que le diera, le parecía un argumento irracional.

–Sigo sin entender qué tiene que ver nuestra relación con la estabilidad de Jasmine. Si te acuestas conmigo, no le harás ningún daño.

–Es bien sencillo, Alex. Quiero que mi hija aprenda a mantener relaciones basadas en el respeto mutuo.

–¿Cómo? –dijo, incapaz de creer lo que oía–. En primer lugar, no sé de dónde has sacado que nuestra relación no está basada en el respeto mutuo y, en segundo lugar, te recuerdo que Jasmine no es solo tu hija... También es la mía.

Ella apretó los labios.

–Pero, durante cinco largos años, solo ha sido hija mía –puntualizó.

–Y no quieres que eso cambie, claro.

Angel sacudió la cabeza, disgustada.

–Quiero ser un ejemplo para Jasmine. No quiero que crezca como yo, con una madre que se dedicaba a viajar por todo el mundo y que cambiaba de hombres como de ropa. No quiero que Jasmine pase por eso.

–Ni yo te estoy proponiendo eso.

Angel no dijo nada.

–Puede que ya no te acuerdes, pero te acabo de ofrecer la posibilidad de que nos casemos –continuó él.

–Eso no es suficiente. Necesito una relación que esté basada en algo más que en el deseo –replicó ella.

–Ah...

–Necesito una relación... segura.

–¿Segura? –preguntó Alex, cada vez más perplejo–. Ninguna relación es totalmente segura, Angel. Además, ¿qué tiene de malo el deseo? No creo que sea un mal punto de partida para una...

–Lo es –lo interrumpió ella, tajante–. Lo es si las dos personas que se desean buscan cosas distintas.

–¿Y qué buscas tú?

–Ya te lo he dicho. Estabilidad.

–Sí, no dejas de repetirlo, pero no te entiendo.

Angel volvió a sacudir la cabeza.

–Mi madre era incapaz de mantener relaciones largas –le confesó–. Sus novios desaparecían uno tras otro, invariablemente... Sé lo que se siente cuando te acostumbras a alguien, cuando empiezas a sentir cariño por él y lo pierdes un día. Sé lo que se siente cuando eres una niña e intentas dormir pero no puedes porque tu madre y uno de sus amantes está discutiendo en la habitación de al lado.

–Lo comprendo. Es obvio que tu madre no fue la mejor madre del mundo. Pero eso no tiene nada que ver nosotros.

–Tiene mucho que ver. Yo no quiero ser como ella. La maternidad es un asunto serio.

–¿Y vas a ser mejor madre porque te condenes a una especie de celibato? –le preguntó.

Ella no dijo nada.

–Siento curiosidad, Angel. A partir de ahora, ¿te vas a abstener de mantener relaciones sexuales en general? ¿O solo conmigo?

–No saques las cosas de quicio –replicó.

–Eres tú quien las está sacando de quicio. Me estás diciendo que solo puedo formar parte de la vida de Jasmine si no nos volvemos a acostar.

–Haces que parezca una extorsión...

–Porque lo es.

–Te equivocas, Alex.

Él sacudió la cabeza.

–¿Ah, sí? ¿Sabes lo que yo creo? Que te estás engañando a ti misma... Todo ese discurso de la estabilidad no está relacionado con Jasmine, sino contigo. Utilizas a tu hija como excusa porque tienes miedo de algo.

–Yo no tengo miedo de nada –se defendió.

Él hizo caso omiso.

–¿Qué te asusta tanto? ¿Ser como tu madre?

–Olvídate de mi madre. Esto es entre tú y yo, nada más.

Alex entrecerró los ojos.

–Ah, no, no es eso. No es que tengas miedo de ser como tu madre; es que tienes miedo de mí... No me había dado cuenta.

Angel lo negó con vehemencia.

–Qué estupidez...

A decir verdad, Angel no tenía miedo de Alex. Tenía miedo de algo distinto, aunque directamente relacionado: de lo que sentía cuando estaba con él. El impacto emocional de su encuentro había sido como si le hubieran quitado un torniquete que había llevado durante años y la sangre volviera a circular de golpe por sus venas.

Por desgracia, sus emociones no se parecían en nada a las extremidades de un cuerpo. Aunque quisiera, no podría volver a hacerse un torniquete.

Angel se había enamorado de él y estaba firmemente convencida de que Alex le iba a partir el corazón. Pero no era su corazón lo que le preocupaba.

No quería que Jasmine fuera testigo de su lenta pero inevitable ruptura y que, al final, terminara por tener una visión de las relaciones amorosas tan deprimente como la que tenía ella por culpa de su madre.

–Mira, Angel, nadie ha tenido una infancia perfecta, pero...

Angel se alejó de él, molesta por el comentario. Aunque no sirvió de nada, porque Alex se acercó y le puso una mano en el hombro.

–¿Por qué te niegas a tener una vida sexual sana? ¿Por qué te asusta tanto?

–No me asusta –respondió.

–¿Es que tu padre engañaba a tu madre?

–Mi padre siguió enamorado de mi madre incluso después de que ella lo abandonara y lo separara de mi hermano y de mí... Aunque no sé para qué, la verdad. Luego se comportó como si no existiéramos.

–Lo siento mucho.

–No lo sientas. Ya no tiene remedio. Pero, sobre lo que decías antes, yo no tengo miedo. Solo estoy decidida a que mi hija sea mi prioridad absoluta.

–Pero, Angel...

Ella suspiró.

–No insistas. No voy a cambiar de opinión.

–Maldita sea... ¿No te das cuenta de que te estás condenando a la infelicidad sin motivo? Te has empeñado en creer que las relaciones amorosas tienen que ser necesariamente frustrantes y te ahorcas con tu propia cuerda –alegó.

–Basta ya, Alex. ¿Es que no te das cuenta? Solo quiero evitarle esto a Jasmine. Evitarle los enfrentamientos, las discusiones...

–¿Y qué tienen de malo la discusiones? La gente discute; es lo más normal del mundo. ¿O crees que vas a encontrar a un hombre con el que no discutas nunca? Porque, si lo crees, te aseguro que te aburrirías de él en menos de una semana.

–No estoy buscando a ningún hombre. Además, las cosas son como son. O lo tomas o lo dejas, tú sabrás lo que haces.

Alex estuvo a punto de decirle que se estaba comportando de forma infantil y que no había dicho ni una sola palabra que no fuera una estupidez irracional; pero notó la angustia en sus ojos verdes y se mordió la lengua.

De momento, optaría por una retirada táctica.

De momento.

Alex cerró la puerta cuando se marchó, y Angel se dijo que tenía motivos para estar contenta. Había conseguido lo que quería. Pero unos minutos después, cuando levantó el auricular del teléfono para organizar el viaje de Jasmine y presentarle a su padre, se sintió profundamente deprimida.

Había encontrado al hombre más maravilloso del mundo y, en lugar de concederle la oportunidad de estar con ella, le había dicho que no quería hacer el amor con él y se lo había quitado de encima con excusas.

A pesar de ello, se intentó convencer de que había hecho lo correcto y que debía estar contenta con su decisión. La idea de vivir con Alex le parecía una locura.

Pero no se consiguió engañar.

Se sentía como si la puerta que Alex había cerrado unos segundos antes fuera la puerta del paraíso y ella se hubiera quedado afuera.

Era absurdo. Se había salido con la suya. Por fin tenía la tranquilidad que necesitaba.

Angel sacudió la cabeza con frustración. Había permitido que Alex la sacara del encierro al que ella misma se había condenado; había permitido que despertara sus emociones dormidas y, ahora, tendría que acostumbrarse otra vez a una cama vacía.

Todo fue más rápido de lo que Angel imaginaba. La niñera se mostró de acuerdo en llevar a Jasmine al aeropuerto y viajar con ella; de hecho, se mostró entusiasmada con la idea. Menos de veinticuatro horas después, Angel la estaba esperando en la terminal.

–Gracias por haber traído a mi hija.

–De nada. Ha sido un placer...

Tras despedirse de la niñera, Angel y su hija subieron a un taxi y se dirigieron al bungaló del hotel.

Jasmine se quedó encantada con su habitación.

–¿Te gusta?

–Me gusta mucho, mamá –respondió la pequeña, que se sentó en la cama mientras su madre deshacía el equipaje.

–La ropa se te está quedando pequeña. Tendremos que comprarte más... Pero estarás cansada del viaje. Seguro que te apetece echarte una siesta.

La niña pareció ofendida.

–¡No quiero una siesta! Quiero ir a la playa... Me lo prometiste.

Angel suspiró.

–Todo el mundo se echa la siesta por la tarde. Es normal en los países donde hace calor –dijo, intentando razonar con la pequeña.

–¿También los adultos?

Angel asintió.

–Claro...

–Entonces, ¿te echarás la siesta conmigo?

Angel se dio cuenta de que se había metido en una trampa con su argumentación. Si se empeñaba en que Jasmine se echara la siesta, tendría que echársela con ella. Y no le apetecía nada.

–De acuerdo... Ponte el bañador. Primero iremos a la playa y, después, te echarás esa siesta.

–¡De acuerdo...!

Su hija se levantó a toda prisa y empezó a buscar el bañador. Angel la dejó durante unos minutos para ponerse un biquini de color negro, cuyo sostén se cerraba al cuello con un lazo. La última vez que se lo había puesto, Jasmine había tenido la ocurrencia de soltarle el lazo; y, de repente, su madre se encontró en *topless*.

Alex estaba nervioso.

Sorprendentemente, estaba nervioso porque iba a conocer a una niña cinco años. Incluso le había comprado un regalo que, por primera vez en mucho tiempo, había adquirido en persona, sin encargárselo a su secretaria, como tenía por costumbre.

Empezó a caminar por la playa y se dirigió al bungaló de Angel. Ya estaba a punto de llegar cuando oyó risas en la orilla y cambió de rumbo.

Angel y Jasmine estaban jugando, lanzándose agua la una a la otra. En determinado momento, Angel alzó a la pequeña y le dio un par de vueltas en el aire. La niña rompió a reír, y a Alex le pareció el sonido más maravilloso del mundo.

Fue un momento especial, perfecto. Salvando las evidentes distancias, se sintió como si hubiera asistido al nacimiento de su hija.

Fue toda una revelación.

–¿Quién es ese hombre, mamá?

Angel se giró hacia la playa. Al verlo, sintió un vacío en el estómago. Nunca habría imaginado que el concepto de «soledad» pudiera estar asociado a un hombre como Alex Arlov, pero le pareció inmensamente solo.

–Es un amigo mío –respondió–. ¿Quieres que te lo presente?

Alex sabía que, por mucho que aquel momento hubiera sido una revelación para él, Jasmine no era un bebé recién nacido. Tenía cinco años. Ya estaba desarrollando su propia personalidad, sus propios gustos, sus miedos.

Y no sabía nada de ella. Pero estaba decidido a conocerla, a formar parte de su vida, a ser de su familia.

Siempre había pensado que dejarse gobernar por las emociones era tan absurdo como tomar decisiones importantes sin valorarlas con detenimiento. Pero acababa de descubrir que había excepciones a la norma. Acababa de tomar la decisión más importante de su vida y no tenía la menor duda al respecto.

Se iba a casar con Angel.

La iba a convertir en su mujer.

Capítulo 9

JASMINE no puso en duda que el hombre que se acercaba fuera un amigo de su madre. De hecho, se limitó a preguntar:

–¿Querrá jugar con nosotras?

Angel sacudió la cabeza.

–No lo creo, cariño. Aunque, a decir verdad, ya hemos jugado bastante...

Angel miró a Alex y pensó que estaba muy guapo. Pero su apariencia no era la más adecuada para la playa. Llevaba un traje de color gris pálido, zapatos oscuros y una camisa blanca, ligeramente entreabierta. Se había puesto corbata, pero se la había desanudado y le colgaba del cuello.

–Te has mojado los zapatos –dijo la niña cuando él llegó a su altura–. No hay que llevar zapatos cuando se va a la playa... Mamá dice que no es prac... prac...

–Práctico –la ayudó Angel–. Pero no seas tan grosera, Jasmine.

Alex dio un paso atrás para que la siguiente ola no le mojara los zapatos, pero no le importaba que se mojaran. Solo tenía ojos para la pequeña, en cuya voz había notado un ligero acento escocés.

–Tiene razón. Mi indumentaria no es la más adecuada –dijo Alex, que sonrió a la niña–. Es que vengo del trabajo.

–Ah...

–Pero tú no has estado trabajando, ¿verdad? –bromeó él–. Te acabo de ver en el agua.

–Sí, aunque todavía no sé nadar.

Alex volvió a sonreír.

–¿Quieres que te enseñe yo?

Alex miró a Angel para asegurarse de que su propuesta no le había molestado. Pero Angel se limitó a agacharse y a recoger la toalla que había dejado en la arena.

–¿Mamá? ¿Puede enseñarme?

–Ya veremos, Jasmine. Pero ¿qué te parece si te adelantas un momento y nos dejas a solas? Enseguida estamos contigo.

Jasmine asintió y se alejó hacia el bungaló.

–¿Te ha molestado que me ofrezca a enseñarle a nadar? –preguntó Alex.

–Esa no es la cuestión. Te has comportado de tal forma que ahora no me puedo negar. No me manipules, Alex.

–No lo he hecho con mala intención –se defendió él–. Es que la he visto antes y me ha extrañado que no sepa nadar. No parece que tenga miedo del agua.

Angel rio.

–Jasmine no tiene miedo de nada. En realidad, no ha aprendido a nadar porque detesta el frío –declaró–. Le intenté enseñar cuando era más pequeña, pero el mar está helado en Escocia y no se quiere meter.

–Ah, Escocia... He notado su acento. Me encanta.

–¿Tiene acento escocés? Vaya, ni siquiera me había dado cuenta –le confesó–. Vivimos en un castillo que...

–¿En un castillo?

–Sí, mi hermano lo heredó de mi padre. Es un lugar precioso. Llueve mucho, pero supongo que todas las niñas sueñan con crecer en un lugar como ese.

–¿Tú crees?

–Bueno, yo fui muy feliz cuando tenía su edad.

–Pero no tienes acento escocés.

La sonrisa de Angel desapareció.

–Me temo que perdí mis raíces. Pero Angel no las perderá.

–Yo no soy de la opinión de que las raíces no dependen tanto de los sitios donde se vive como de la gente con quien se vive.

–Se nota que no has crecido en habitaciones de hotel...

–Eso es cierto...

Alex miró a Jasmine con tanta tristeza que Angel preguntó:

–¿Te encuentras bien?

–¿Cómo? Ah, sí... sí, no te preocupes.

–¿Estás seguro?

–Es que lamento no haber estado a su lado cuando nació.

–Pero ahora estás aquí.

–Sí, estoy aquí.

Angel y Alex recogieron las cosas y siguieron a la niña, a la que alcanzaron antes de que llegara al bungaló.

–¿Quieres que te lleve, cariño? –preguntó su madre.

–No, prefiero caminar... ¿Qué es eso que llevas ahí? –dijo, mirando a Alex.

–¿Este paquete? Es un libro. Pensé que te podría gustar. Es de una princesa que se enamora de un príncipe después de que la salve de un dragón.

–Ya tengo un libro que habla de una princesa, pero la historia es diferente. Ella salva al príncipe, ¿sabes? Y odia el color rosa.

Alex soltó una carcajada.

–Parece más interesante que el mío...

Al llegar al bungaló, Angel le pidió el paquete a Alex, lo abrió y le enseñó el libro a Jasmine.

–Mira... tiene unas ilustraciones preciosas. Seguro que te gusta.

–¿Hay dibujos de gatos? –preguntó la pequeña.

–No estoy seguro –admitió Alex.

–Es que me gustan los gatos. Pero gracias por el regalo.

Alex inclinó la cabeza a modo de reverencia.

–De nada, Jasmine.

Jasmine subió al porche y se sentó en una de las sillas.

–Creo que voy a leer el cuento.

Su madre sacudió la cabeza.

–Oh, no. Hicimos un trato, ¿recuerdas? Dijimos que iríamos a la playa y que, después, te echarías una siesta.

La niña se levantó a regañadientes.

–Anda, despídete de Alex.

–Adiós, Alex...

–Hasta luego, Jasmine.

–Si quieres tomar algo, hay una botella de vino en

la cocina. Yo subiré a acostar a Jasmine, pero vuelvo en seguida.

–De acuerdo.

Angel regresó unos minutos después y se sentó junto a Alex, que se había acomodado en una mecedora. De repente, la mecedora chirrió contra el entarimado y él dijo:

–Lo siento.

–No te preocupes. Mi hija no se despierta con nada.

–Tiene mucho carácter. Has hecho un gran trabajo con ella.

Angel se ruborizó.

–Bueno, he tenido ayuda...

–¿Alguna niñera?

–Sí, pero sobre todo mi hermano. Es un gran hombre.

–¿Y a qué se dedica tu...?

Alex dejó la frase sin terminar. Miró la taza de café que Angel se había servido y preguntó:

–¿Estás segura de que eso es una buena idea?

–¿Por qué lo dices?

–Porque tienes todos los síntomas del exceso de cafeína. Estás temblando, Angel. Y seguro que tienes más pulsaciones de la cuenta.

Angel rompió a reír. Alex no parecía ser consciente de que eso no estaba relacionado con la cafeína, sino con él.

–No sé de qué te ríes. No tiene gracia.

–No, ya sé que no tiene gracia –dijo Angel mientras admiraba su boca–. Pero no te preocupes por mí. Nunca tomo más cafeína de la cuenta.

–Si tú lo dices...

Ella cambió de conversación.

–Creo que le conoces.

–¿Cómo? ¿De quién estás hablando?

–De mi hermano. Se llama Cesare.

Alex se quedó atónito.

–¿Cesare? ¿Eres la hermana de Cesare?

Angel asintió.

–Dios mío... ¿Y él sabe que soy el padre de Jasmine?

–No, todavía no.

–Pues cualquiera sabe lo que es capaz de hacer cuando lo sepa –comentó con humor–. Es capaz de matarme.

Ella se limitó a sonreír.

–¿Lo ves? Ahora no tendré más remedio que casarme contigo...

–¿Sabes que puedes ser verdaderamente pesado cuando se te mete una idea en la cabeza? –preguntó.

–Sí, me temo que sí.

–Está bien, me casaré contigo. ¿Qué día?

–Mañana, a no ser que tengas otros planes.

–Olvídalo, Alex. Ya me estoy cansando de la broma.

–¿Y por qué crees que es una broma?

Ella suspiró.

–Porque, si no fuera una broma, tendría que llegar a la conclusión de que te has vuelto loco.

–¿Por querer formar una familia y dar un poco de estabilidad a Jasmine?

–Esto no tiene nada que ver con Jasmine.

–No tendría nada que ver con ella si tú no tuvieras un concepto tan extraño de la estabilidad emocional.

Pero ya me has dicho que no quieres ser mi amante, así que no tengo más remedio que casarme contigo.

Angel sintió pánico.

–Tú y yo no vamos a formar una familia.

–No seas ridícula... Soy el padre de tu hija y sé que me deseas tanto como yo a ti. ¿Se te ocurre una razón mejor para que nos casemos?

–Eso no es suficiente. No me condenaré a un matrimonio de conveniencia.

–¿Y quién ha hablado de un matrimonio de conveniencia? Yo estoy hablando de una relación de verdad.

Angel se quedó pálida y él decidió no presionarla más por el momento. Había sembrado una idea en su cabeza y solo tenía que esperar a que germinara.

Pero, antes de dar por terminada la conversación, le dio el golpe de gracia:

–Seguro que quieres tener más hijos, ¿verdad?

Alex se levantó y se fue, pero Angel se alegró de que se hubiera ido. Al menos, no podría ver las lágrimas que habían empezado a empapar sus mejillas.

Capítulo 10

CUANDO Alex entró en el vestíbulo del hotel y vio que estaba lleno de gente que hablaba en voz alta y discutía, supo que algo andaba mal. Y cuando vio a Angel en mitad del grupo, se quedó perplejo.

–¿Se puede saber qué os pasa? No me quiero sentar... No quiero presentar una denuncia... ¡Os he dicho que no puedo encontrar a mi hija! Estaba conmigo y, de repente, ha desaparecido... ¡Necesito ayuda, no un té!

Alex se acercó tan deprisa como pudo.

–¿Angel?

Ella se dio la vuelta y lo abrazó.

–Oh, Dios mío, eres tú...

–¿Qué ha pasado?

Angel suspiró.

–No lo sé, la verdad. Acabábamos de volver de la playa. Salimos a dar un paseo después de comer y...

Angel bajó la cabeza.

–Mírame –dijo Alex.

Ella lo miró.

–Estuvo esta mañana conmigo, en el rodaje. Luego comimos y... ¡Esto es absurdo! ¡Tengo que salir a buscarla!

–Saldremos a buscarla, pero antes quiero saber lo que ha pasado.

–Bueno, nos hemos encontrado con Nico y me ha preguntado... No sé, ya no sé lo que me ha preguntado. Solo sé que me he dado la vuelta y que Jasmine se había ido.

–¿Cuándo ha pasado?

–Hace unos minutos –contestó ella, intentando dominarse.

–Está bien. Llévame al sitio donde la has visto por última vez.

Los minutos siguientes fueron una tortura para Angel. Alex se encargó de organizar el equipo de búsqueda, dividiendo a los voluntarios en grupos pequeños, para que cubrieran más terreno y terminaran antes.

–Seguro que no ha ido lejos. La encontrarán –le aseguró.

–Quiero ir con ellos...

–No, Angel. Necesito que te quedes aquí, con Nico, por si Jasmine regresa. Además, todos tienen el número de teléfono de mi sobrino. Si encuentran a nuestra hija, llamarán.

–¡Tienes miedo de que le haya pasado algo malo! ¡Por eso te niegas a que salga a buscarla! –lo acusó.

Alex le puso las manos en los hombros.

–No te pongas en el peor de los casos, Angel. Mantén la calma, como la mujer fuerte que eres –dijo con firmeza–. Mírame a los ojos... Te aseguro que la encontraremos.

Ella tragó saliva.

–Yo no soy fuerte, Alex.

Él sonrió con ternura.

–¿Que no? Eres tan fuerte como el acero.

Alex dio media vuelta y salió del hotel.

Diez minutos más tarde, el teléfono de Nico empezó a sonar. Habían sido los diez minutos más largos de la vida de Angelina Urquart.

Sin soltar la mano de su hija, Alex se puso de cuclillas junto a ella y señaló a Angel, que avanzaba por la playa con Nico y varios empleados del hotel.

–Mira, ahí está tu mamá.

Angel corrió hacia Jasmine y la abrazó con fuerza.

–Oh, Dios mío, ¿te encuentras bien...? –acertó a preguntar–. ¿Se encuentra bien, Alex?

–Está perfectamente. Solo ha sido una pequeña aventura, ¿verdad, Jasmine? Y solo tiene un par de rasguños.

–He sido muy valiente –dijo la pequeña, mirando a Alex en busca de confirmación.

–Tan valiente como tu madre.

Angel pensó que se había comportado de cualquier forma menos con valentía. Se había dejado dominar por el miedo y su cabeza se había llenado de conjeturas a cual más terrible.

–No te vuelvas a escapar, Jasmine. Prométeme que no te volverás a escapar.

–Te lo prometo, mamá.

–Bueno, será mejor que nos vayamos a casa.

Alex se acercó a ellas y dio un beso a Angel en la frente.

–¿Estaréis bien?

–¿Es que no vienes con nosotras?

–No, ahora no puedo ir, pero os alcanzaré enseguida. Jasmine se había metido en una zona de la playa que debería estar cerrada al público... Quiero hablar con mis empleados para que se encarguen de arreglar la valla –explicó–. No te preocupes. Nico os acompañará y se quedará con vosotras hasta que yo vuelva.

–Faltaría más –dijo Nico.

–¡Yo quiero a mi gatito! –protestó la niña.

–¿Tu gatito? –preguntó su madre.

–Sí, parece ser que vio un gato y que lo siguió por donde no debía –dijo Alex–. Es toda una aventurera.

–Ah, por eso tiene arañazos...

–Sí, pero no es nada importante. Por cierto, Mark Lomas os estará esperando cuando lleguéis al bungaló.

–¿Mark? ¿Quien es Mark?

–Pensé que ya os conocíais. Mark se aloja en el bungaló que está junto al tuyo –contestó Alex–. Es médico.

–Ah... es posible que me haya cruzado con él en alguna ocasión.

–Lo he llamado por teléfono después de encontrar a Jasmine y le he explicado la situación. Supuse que sería mejor que le echara un vistazo... Me ha preguntado si la niña está vacunada contra el tétanos, pero no lo sabía.

–Sí, está vacunada.

–Excelente...

–¿Quieres que lleve a Jasmine? –intervino Nico. Angel sacudió la cabeza y tomó en brazos a su hija. En ese momento, no se habría alejado de ella por nada del mundo.

Llegaron al bungaló dos minutos antes de que apareciera el médico, quien se disculpó por la tardanza. Mark Lomas era un hombre adulto de expresión tranquila, que llevaba unos pantalones cortos y una camiseta.

Tras limpiar los arañazos a Jasmine y aplicarle un antiséptico, se las arregló para ponerle una inyección de antibióticos sin que la pequeña protestara. Después, habló brevemente con Angel y le dijo que lo llamara por teléfono si surgía alguna complicación.

–Muchas gracias, doctor...

Angel bañó a su hija, le dio un sándwich y la metió en la cama. La niña estaba tan cansada que se quedó dormida casi de inmediato.

De vuelta en el salón, habló con Nico y le dijo que no era necesario que se quedara.

–¿Estás segura? –preguntó el sobrino de Alex.

–Por supuesto. Creo que me daré una ducha y me acostaré.

Por fin a solas, Angel se metió en el cuarto de baño para darse una ducha, aunque dejó la puerta abierta para oír a Jasmine en caso de que se despertara y la llamara. A continuación, se secó un poco el pelo, se puso una bata y volvió al dormitorio de Jasmine para asegurarse de que seguía dormida.

La niña ni siquiera se había movido. Seguía en la misma posición en la que la había dejado.

Justo entonces, llamaron a la puerta. Angel pensó

que no podía ser Alex, porque él no habría llamado; habría entrado sin más.

Extrañada, se dirigió a la puerta principal y la abrió. Era una de los camareras del hotel.

–El café que ha pedido, señorita.

Angel la miró con extrañeza. No había pedido ningún café, pero lo aceptó de todas formas.

–Gracias... ¿Podría dejar la bandeja en la mesa?

–Por supuesto.

La camarera dejó la bandeja en la mesa del porche y se fue.

Dos tazas de café después, Angel vio que Alex se acercaba por la playa. Estaba demasiado lejos como para distinguir sus rasgos, pero habría reconocido su silueta y su forma de andar en cualquier parte.

Ya no podía negar que se había enamorado de él.

Había tardado mucho en asumirlo, pero solo se debía a que no estaba acostumbrada a las relaciones amorosas. A fin de cuentas, no era como Alex. Él se había enamorado, se había casado, había perdido al amor de su vida y, sin duda alguna, se había acostado con un montón de mujeres, entre las que se encontraba ella.

Sin embargo, ya no sentía rencor por lo que había pasado entre ellos años atrás. Sabía que Alex no tenía la culpa. Se había limitado a buscar un poco de amor en una situación extremadamente difícil para él, y hasta se había odiado a sí mismo por haberse acostado con otra mujer cuando solo habían pasado unas semanas desde la muerte de su esposa.

Por desgracia, Angel seguía convencida de que su propuesta de matrimonio era una locura. Sabía que

Alex la deseaba y que sentía un afecto sincero por Jasmine, pero no le parecía suficiente para casarse.

Segundos después, él llegó al porche, subió los escalones y se apoyó en la barandilla.

–¿Está dormida? –preguntó.

–Sí, se ha quedado dormida hace un rato –respondió–. Lo siento mucho, Alex. Sé que no debería haberla dejado sola, que ha sido culpa mía y que...

Alex se acercó y le puso un dedo en los labios.

–Hablas demasiado, Angel –dijo con humor.

Angel se llevó una sorpresa. Estaba segura de que Alex estaría enfadado con ella por lo que había pasado con Jasmine.

–Lamento haber llegado tan tarde, pero quería estar en el hotel para hablar con los agentes de policía y explicarles la situación. Además, también me quería asegurar de que arreglaran la valla de la playa.

–Oh, Alex... Eres demasiado bueno conmigo –dijo ella, perdiendo súbitamente el aplomo–. Si a Jasmine le hubiera pasado algo...

–Anda, ven aquí.

Alex le ofreció sus brazos. Angel se apretó contra su pecho y empezó a decir, desesperada:

–Ha sido culpa mía. Yo...

–No seas ridícula. Los niños son así; te descuidas un momento y los has perdido de vista. Le podría haber pasado a cualquiera.

–Lo sé, pero...

Alex le acarició el cabello y le murmuró palabras de aliento hasta que se tranquilizó.

–¿Ha venido con Mark? Espero que no te molestara hablar con él. Me pareció que una visita a domicilio sería menos traumática para Jasmine y para ti que un viaje al hospital.

—Sí, estuvo aquí y la examinó. Solo tiene unos cuantos rasguños sin importancia, aunque le ha puesto una inyección de antibióticos para estar más seguro. Cuando pienso en lo que podría haber ocurrido...

—Pues no lo pienses. No tiene sentido que te tortures de esa forma.

Ella suspiró.

—Sí, supongo que tienes razón.

Alex le dedicó una sonrisa.

—Por supuesto que la tengo.

—Muchas gracias, Alex. No sé qué habría hecho hoy si no hubieras estado conmigo...

—No es necesario que me des las gracias, cariño.

Angel sacudió la cabeza.

—Si no la hubieras encontrado a tiempo... Si se hubiera hecho de noche y se hubiera quedado sola por ahí...

—¿Quieres dejar de darle vueltas? No ha pasado nada —declaró él, con dulzura—. Pero hablando de Jasmine... ¿Puedo verla?

—Claro que puedes. Puedes verla cuando quieras.

Él arqueó una ceja.

—¿Desde cuándo?

Angel volvió a suspirar.

—Sé que me he portado mal contigo, Alex. No sabía si podía...

—¿Confiar en mí?

—En efecto —le confesó.

—¿Y ahora? ¿Confías en mí?

—Sí.

–No sabes cuánto me alegro...

Alex la dejó un momento en el porche y entró en el bungaló para ver a Jasmine. Se quedó un rato en la habitación y se dedicó a observarla en silencio, maravillado con la idea de que aquella criatura pudiera ser su hija. Luego, cerró la puerta con sumo cuidado y volvió con Angel, que estaba apoyada en la barandilla. Había oscurecido y las luces del hotel brillaban en la distancia.

–Hace una noche preciosa...

–Sí. Completamente despejada.

Alex sonrió.

–Qué tontería... Con todas las cosas que me gustaría decirte, y me dedico a hablar del tiempo –ironizó.

Angel lo miró a los ojos. Sabía lo que le iba a decir, pero su respuesta seguía siendo la misma.

–Alex, no me puedo casar contigo.

–¿Por qué?

–Porque el matrimonio no debería ser una penitencia.

–¿Y crees que casarte conmigo sería una penitencia? –preguntó él, frunciendo el ceño.

–No... yo no he dicho que...

–¿Entonces?

Angel suspiró.

–Sé que me has ofrecido el matrimonio porque te sientes obligado.

–¿Que yo me siento obligado? –preguntó él con asombro, como si le pareciera la idea más absurda del mundo–. No sabes lo que estás diciendo, Angel Urquart. ¿Sabes cuál es el verdadero problema?

–¿Cuál?

–Que te has enamorado de mí y no lo quieres admitir.

–El amor no tiene nada que ver con esto –contraatacó–. Y aunque estuviera enamorada de ti... Tengo buenos motivos para rechazar tu ofrecimiento.

–¿Ah, sí? Dime uno.

–Para empezar, que tú no me amas. La mayoría del tiempo, ni siquiera te caigo bien –afirmó.

Alex soltó una carcajada.

–Cuando no resultas irritante, puedes ser increíblemente divertida... –se burló él.

–Estoy hablando en serio, Alex.

–Y yo, también. Sé que me deseas, Angel. ¿Por qué te empeñas en negarlo?

–No lo niego. Admito que te deseo –replicó–. Pero tú no estás hablando de deseo, sino de matrimonio. Y no me puedo casar contigo.

–Eso ya lo has dicho –le recordó–. Pero todavía estoy esperando a que me des una buena razón.

–Está bien, si te empeñas... –Angel respiró hondo–. No me puedo casar contigo porque no puedo tener más hijos.

Alex entrecerró los ojos, ladeó la cabeza y la observó con detenimiento. Tuvo que hacer un esfuerzo para no tomarle entre sus brazos y decirle que no se preocupara, que todo iba a salir bien.

–Sabes que me tuvieron que hacer una cesárea, ¿verdad? –continuó ella.

–Sí, lo sé.

–Perdí demasiada sangre y... bueno, las cosas se complicaron –declaró–. Sinceramente, no es algo en

lo que me guste pensar. Además, ya tengo a Jasmine.
No necesito más hijos.

–Lo comprendo, pero hay una cosa que no entiendo.

–¿Cuál?

–Si no puedes quedarte embarazada, ¿por qué estás tomando la píldora?

–Porque me lo aconsejaron. Aunque las posibili-
dades de que me quede embarazada son casi inexis-
tentes, sigue siendo técnicamente posible.

–¿Técnicamente posible? –repitió él.

–Sí, pero poco recomendable. Los médicos me di-
jeron que, si me vuelvo a quedar embarazada, tendría
que estar bajo observación permanente.

–¿Insinúas que tu vida podría estar en peligro?
–preguntó con preocupación.

–Eso me temo.

Alex se puso muy serio.

–Entonces, no quiero que lo intentes. ¿Me oyes?
No quiero que te arriesgues...

–Pero tú necesitas una mujer que te pueda dar hijos...

Él la abrazó.

–Oh, Angel... ¿Crees que me arriesgaría a perderte
por una cosa así? Sería increíblemente egoísta por mi
parte, e increíblemente injusto. Jasmine te necesita.
Yo te necesito.

Los ojos de Angel se llenaron de lágrimas.

–¿Estás hablando en serio?

–Por supuesto que sí. Además, tú ya me has dado
una familia. Tengo a Jasmine y te tengo a ti, la mujer
más bella e inteligente que se ha cruzado en mi ca-

mino –respondió–. La mujer de quien me he enamorado.

Ella tragó saliva.

–Pero...

–¿Cómo quieres que te lo diga? –preguntó Alex, im-
paciente–. Te amo, Angel. Te amo con toda mi alma.
Eres mi alma gemela.

Los ojos de Angel brillaron.

–Y yo te amo a ti, Alex...

–Entonces, ¿te casarás conmigo?

Angel se puso de puntillas y le dio un beso en los
labios.

–¿Tienes algo que hacer mañana?

Alex sonrió de oreja a oreja.

–Naturalmente... convertirme en el hombre más
afortunado del mundo.

Epílogo

P APÁ!

–¿Sí, Jasmine?

–¿Ya nos podemos ir?

–¿Has terminado los deberes?

Jasmine asintió con energía.

–Los terminé hace horas...

–Pues a mí no me mires. Yo también estoy prepa-rado. La culpa es tu madre, que tarda mucho.

–¿Se puede saber de qué tengo la culpa? –pre-guntó Angel, que acababa de entrar en la habitación.

–De hacernos esperar –respondió Jasmine.

–¿Y a qué viene tanta prisa? La nieve no se va a derretir...

–Pero ha salido el sol y quiero enseñarle a papá el muñeco de nieve que he hecho –dijo la niña–. No me cree cuando digo que es más alto que él.

–Pues lo siento mucho, pero preparar a Theo es más difícil de lo que parece...

Angel bajó la cabeza y miró al bebé que llevaba entre sus brazos, el niño que les había alegrado la vida tras unos primeros meses de preocupación por su salud. Al principio, tuvo miedo de decirle a Alex que se había quedado embarazada; a fin de cuentas, habían acordado que no se arriesgaría a tener más hijos. Pero las cosas habían salido bien. Y Alex la había apoyado en todo momento.

–Además, es la primera vez que va a salir de casa –continuó.

–¿Seguro de que no tendrá frío? –preguntó Jasmine.

–Con todo lo que tu madre le ha puesto encima, es más posible que se muera de calor –bromeó él.

Alex miró a su esposa y se le hizo un nudo en la garganta. Le había dado el amor y dos hijos maravillosos. Era tan feliz que no pudo resistirse a la tentación de inclinarse sobre ella y darle un beso apasionado.

–¿A qué ha venido eso? –preguntó Angel, sorprendida.

–A que te adoro...

Angel se ruborizó, encantada.

–¿Puedo llevar a Theo? –preguntó Jasmine–. Prometo que tendré mucho cuidado...

–Ah, no, primero lo llevo yo –contestó él

Alex miró entonces a su esposa y, en voz baja, le dijo:

–Por cierto, esta noche me toca a mí encima.

–Como quieras –replicó ella, sonriendo con picardía–. A fin de cuentas, el matrimonio consiste en saber dar y en saber tomar.

Bianca.

Su guardaespaldas tenía músculos, cerebro... y mucho dinero.

Cuando la modelo Keri se quedó atrapada con el guapísimo guardaespaldas Jay Linur, pronto se dio cuenta de que pertenecían a mundos diferentes. Pero los polos opuestos se atraían... y ella abandonó la pasarela por un paseo por el lado salvaje. La pasión los arrastró por completo.

De vuelta a la realidad, Keri descubrió que Jay no era lo que parecía: además de un cuerpo increíble, tenía cerebro y mucho dinero. Y aunque el matrimonio era lo último que Jay tenía en la cabeza, Keri se dio cuenta de que no podía alejarse de él...

Corazón de diamante

Sharon Kendrick

Acepte 2 de nuestras mejores novelas de amor GRATIS

¡Y reciba un regalo sorpresa!

Oferta especial de tiempo limitado

Rellene el cupón y envíelo a
Harlequin Reader Service®
3010 Walden Ave.
P.O. Box 1867
Buffalo, N.Y. 14240-1867

¡Sí! Por favor, envíenme 2 novelas de amor de Harlequin (1 Bianca® y 1 Deseo®) gratis, más el regalo sorpresa. Luego remítanme 4 novelas nuevas todos los meses, las cuales recibiré mucho antes de que aparezcan en librerías, y factúrenme al bajo precio de $3,24 cada una, más $0,25 por envío e impuesto de ventas, si corresponde*. Este es el precio total, y es un ahorro de casi el 20% sobre el precio de portada. !Una oferta excelente! Entiendo que el hecho de aceptar estos libros y el regalo no me obliga en forma alguna a la compra de libros adicionales. Y también que puedo devolver cualquier envío y cancelar en cualquier momento. Aún si decido no comprar ningún otro libro de Harlequin, los 2 libros gratis y el regalo sorpresa son míos para siempre.

416 LBN DU7N

Nombre y apellido	(Por favor, letra de molde)

Dirección	Apartamento No.

Ciudad	Estado	Zona postal

Esta oferta se limita a un pedido por hogar y no está disponible para los subscriptores actuales de Deseo® y Bianca®.
*Los términos y precios quedan sujetos a cambios sin aviso previo.
Impuestos de ventas aplican en N.Y.

LA ESPOSA DE SU HERMANO

JENNIFER LEWIS

Solo hizo falta un beso de la viuda de su hermano para despertar la llama en el corazón de A.J. Rahia y convencerlo para aceptar el trono. La tradición obligaba a que el príncipe convertido en productor de Hollywood se casara con la esposa de su hermano, pero… ¿podría aceptar como suyo el hijo que estaba en camino?

Lani Rahia estaba atrapada entre dos hombres: su difunto esposo y el futuro rey. Si contaba la verdad sobre uno, ¿perdería al otro? Ya se había visto antes apresada en un matrimonio de conveniencia. Esta vez no aceptaría una farsa por su hijo. En vez de eso, quería el amor eterno de A.J…. o nada.

Era complicado

El sol, el mar y miles de recuerdos…

Abandonada por un novio infiel y con la autoestima por los suelos, Kayla Young había buscado la soledad en una isla griega. Lo último que deseaba era compartir aquel lugar paradisíaco con un griego misterioso y arrogante.

Acosado por la prensa sensacionalista y las cazafortunas, Leonidas Vassalio no podía creer que estuviera compartiendo su refugio con una mujer que ¡no sabía quién era! Y pensó aprovecharse de ello.

Pero, en su intento por desentrañar la compleja personalidad de esa mujer, Leonidas se daría cuenta de que era ella la que estaba desarmando su armadura protectora.

Escapada griega

Elizabeth Power